O Tigre na Caverna

Giselda Laporta Nicolelis
ilustrações de Alexandre Camanho

Coleção Jabuti Vida

1ª edição
1ª tiragem
2009
Conforme a nova ortografia

Editora Saraiva

Editora Saraiva

R. Henrique Schaumann, 270
CEP 05413-909 – Pinheiros – São Paulo-SP
Tel.: PABX (0**11) 3613-3000
Fax: (0**11) 3611-3308
Televendas: (0**11) 3613-3344
Fax Vendas: (0**11) 3611-3268
Atendimento ao Professor: 0800-0117875
Endereço Internet: www.editorasaraiva.com.br
E-mail: atendprof.didatico@editorasaraiva.com.br

Revendedores Autorizados

Aracaju: (0**79) 3211-8266/3211-6981/3213-7736
Bauru: (0**14) 3234-5643/3234-7401
Belém: (0**91) 3222-9034/3224-9038/3241-0499
Belo Horizonte: (0**31) 3429-8300/3429-8310
Brasília: (0**61) 3344-2920/3344-2951/3344-1709
Campinas: (0**19) 3243-8004/3243-8259
Campo Grande: (0**67) 3382-3682/3382-0112
Cuiabá: (0**65) 3901-8088/3901-8087/3901-8089
Curitiba: (0**41) 3332-4894
Florianópolis: (0**48) 3244-2748/3248-6796
Fortaleza: (0**85) 3238-2323/3238-1331
Goiânia: (0**62) 3225-2882/3212-2806/3224-3016
Imperatriz: (0**99) 3525-2913
João Pessoa: (0**83) 3241-7085/3222-4803
Londrina: (0**43) 3322-1777
Macapá: (0**96) 3223-0706/3223-0715
Maceió: (0**82) 3221-0825
Manaus: (0**92) 3633-4227/3633-4782
Natal: (0**84) 3611-0627/3211-0790/3222-1158
Porto Alegre: (0**51) 3371-4001/3371-1467/ 3371-1567
Porto Velho: (0**69) 3223-2383/3221-2915/3221-0019
Recife: (0**81) 3421-4246/3421-4510
Ribeirão Preto: (0**16) 3610-5843/3610-8284
Rio Branco: (0**68) 3224-3125/3224-7094/3224-3432
Rio de Janeiro: (0**21) 2577-9494/2577-8867/ 2577-9565
Salvador: (0**71) 3381-5854/3381-5895/3381-0959
Santarém: (0**93) 3523-6016/3523-5055
São José do Rio Preto: (0**17) 3227-3819/ 3227-0982/3227-5249
São José dos Campos: (0**12) 3921-0732
São Luís: (0**98) 3243-0353
Serra: (0**27) 3204-7474/3204-7483
Teresina: (0**86) 3221-3998/3226-1956/3226-1125
Uberlândia: (0**34) 3213-5158/3213-6555/3213-4966

Gerente editorial: ROGÉRIO CARLOS GASTALDO DE OLIVEIRA
Editora-assistente e preparação de texto: KANDY SGARBI SARAIVA
Auxiliar de serviços editoriais: RUTE DE BRITO
Estagiária: MARI KUMAGAI
Suplemento de atividades: NAIR HITOMI KAYO
Revisão: PEDRO CUNHA JR. (Coord.), LILIAN SEMENICHIN, RENATA FONTES
Produtor gráfico: ROGÉRIO STRELCIUC
Gerência de arte: NAIR DE MEDEIROS BARBOSA
Projeto gráfico e produção: AEROESTÚDIO
Capa: AEROESTÚDIO

Dados Internacionais de Catalogação na Publicação (CIP)
(Câmara Brasileira do Livro, SP, Brasil)

Nicolelis, Giselda Laporta
O tigre na caverna / Giselda Laporta Nicolelis ; ilustrações de Alexandre Camanho . — 1. ed. — São Paulo : Saraiva, 2009. — (Coleção Jabuti)

ISBN 978-85-02-08397-4 (aluno)
ISBN 978-85-02-08398-1 (professor)

1. Literatura infantojuvenil I. Camanho, Alexandre. II. Título. III. Série.

09-07381 CDD-028.5

Índices para catálogo sistemático:
1. Literatura infantojuvenil 028.5
2. Literatura juvenil 028.5

Para Beatriz

“Pois as
coisas findas,
muito mais
que lindas,
estas ficarão.”

Carlos Drummond de Andrade
(1902-1987) – poeta brasileiro

um

Quando meu pai morreu, eu ia fazer 13 anos na semana seguinte. Para o aniversário não passar em branco, minha mãe fez um bolo. Depois ela, meus avós e minha irmã cantaram o "Parabéns a você", enquanto eu apagava as velinhas.

No colégio de freiras onde eu estudava, certo dia percebi uma rodinha de meninas que cochichavam... Uma delas, apontando para mim, disse num tom que deu para ouvir:

– Coitada, ela não tem pai.

Debaixo da mangueira frondosa que havia no fim do pátio, fiquei chorando até o sino chamar para a próxima aula...

Nesse dia eu comecei a me recriar.

dois

Talvez por me sentir desvalida, meio solta no mundo, me ligava com outras garotas que eu julgava tão desvalidas quanto eu. Começava pela Raquel, que nascera sem o antebraço esquerdo; no lugar dele havia um toco de onde saíam uns arremedos de dedos – o curioso é que a Raquel não aparentava ter o menor problema com isso, talvez porque já nascera assim. Os diferentes para ela éramos nós.

Algumas colegas, maldosamente, caçoavam pelas suas costas, punham apelidos jocosos. Raquel continuava um doce de menina, sempre sorridente, prestativa, de bem com a vida. Eu adorava a Raquel e achava incrível como ela usava das formas mais versáteis aquele antebraço.

Depois tinha a Nídia, que sentava num canto da fileira junto à parede; entre ela e outra colega, havia sempre uma carteira vazia. Um dia, por curiosidade, passei a sentar ao seu lado. Mas não era fácil porque, não sei se por falta de higiene ou coisa natural, a Nídia exalava um cheiro desagradável. Melhor dizendo, era uma mistura

de cheiros ruins. Ninguém aguentava sentar ao lado dela, até eu encarar como obrigação, ou compaixão, vá lá saber.

E não era apenas uma questão de olfato: ainda havia os lanches que a Nídia trazia de casa. Observá-la desembrulhando aqueles sanduíches de carne e ovo me dava engulhos, ainda mais que ela, toda sorridente, me oferecia metade. Aguentei o cheiro da Nídia e seus sanduíches por um longo tempo...

A terceira da lista era a Marley, que sofria as sequelas de uma poliomielite. Depois de muitas operações numa das pernas, andava a poder de um pesado aparelho ortopédico. Como éramos vizinhas, e morávamos no topo de uma ladeira, era em mim que ela se apoiava, e olhe que ela era uma menina forte e eu, uma garota franzina. Carreguei a Marley também por tempo demais...

Curioso é que, quando ela vinha de visita na minha casa, depois eu sempre encontrava algum objeto de estimação quebrado; podia até jurar que fora ela e de propósito. Maneira estranha de mostrar gratidão.

Nós formávamos um grupo de "quatro mosqueteiras párias": uma não tinha pai, a outra não tinha mão, a terceira cheirava mal, e a quarta só calçava um pé de sapato.

As demais alunas rezavam contritas e felizes na capela do colégio, agradecendo a Deus o fato de serem tão belas e perfeitas e, na opinião delas, até generosas.

três

A natureza, contudo, às vezes compensa o que tira: eu era uma das melhores alunas da classe. Não porque fosse estudiosa, mas porque aprendia com muita facilidade e tinha memória privilegiada. Em véspera de prova, por exemplo, nem me dava ao trabalho de estudar. Chegando duas horas antes, eu sentava ao lado da Léa, uma garota que decorava o livro inteiro da matéria, tim-tim por tim-tim, incluindo até ponto e vírgula.

Duas horas no banco do pátio ouvindo a Léa, a matéria estava estudada. Daí entrava e mandava ver. As professoras, contudo, se desesperavam, não comigo, mas com a Léa. Ouvi uma delas comentando que, principalmente na prova oral, era um inferno ouvir a garota repetindo, como se fosse xerox, determinada matéria. Para mim ela era um anjo salvador.

Raquel desenhava divinamente. Eu, ao contrário, era péssima, conseguia errar até desenho geométrico. Eu suava nas mãos, que enxugava com lenço a toda hora: as provas eram puro tormento. Os professores, por compaixão, me davam a nota mínima para passar de ano, levando em consideração que eu só tirava dez nas outras matérias.

Marley, por sua vez, era linda, tinha olhos amendoados e castanhos, e as pestanas mais longas que já vi na vida. E seios maravilhosos, perfeitos, que se sobressaíam sob o uniforme escolar. Como eu invejava aqueles seios! Os meus eram apenas arremedos, cresciam lentamente, se é que cresciam. Se o gênio da lâmpada me concedesse um único desejo, eu pediria seios de verdade, redondos como os da estátua de Vênus. E seria feliz para sempre...

Nídia, porém, não tinha nenhum dom especial: baixa, magrinha, seus cabelos eram sebosos, e os dentes pequenos e afiados como de uma ratinha. Parecia que o único prazer da sua vida, ela que quase não saía de casa, era fazer alguma compra para a mãe no açougue ou na padaria do bairro onde moravam. Eu gostaria tanto de ajudá-la, sugerir alguma coisa, como tomar mais banho, escovar os dentes, usar desodorante – como poderia, santo Deus, sem ofendê-la? Mas às vezes me perguntava: o meu silêncio não seria muito pior?

quatro

Quando meu pai me levou a primeira vez ao dentista, antes de entrar no consultório, ele disse:

– Se você se comportar como uma mocinha, eu lhe compro o que quiser.

Não me comportei apenas feito mocinha, fui uma *lady* inglesa. Ali, de boca aberta, fiquei imaginando mil coisas que poderia pedir. Aos sairmos do consultório, vi um rapaz vendendo cachorrinhos. Apaixonada por um filhote branco que parecia um pacote de algodão, apontei o dedinho:

– Pai, quero aquele!

Ele comprou o cachorrinho na hora. Chegamos os três em casa, e a minha mãe quase teve um treco. O filhote ia fazer xixi pelo apartamento inteiro. Meu pai então explicou que promessa feita a uma criança tem de ser cumprida. Minha mãe replicou que ele era o herói da história enquanto ela ia posar de bruxa.

Pipoca, como eu o chamava, ficou por uns tempos, cumprindo todas as previsões maternas... Um dia, quando acordei, disseram que ele tinha fugido, mas jamais acreditei. Foi a primeira decepção da minha vida, porque me senti traída.

Mas a maior de todas as decepções foi a bicicleta que eu sonhava ter. Para minha desgraça, perto do Natal, um garoto vizinho descendo a ladeira de bicicleta levou um tombo tão fenomenal que quebrou todos os dentes... Tão novo ainda e de próteses dentárias. Minha mãe nunca mais teve coragem de comprar uma bicicleta. Conservei os dentes perfeitos e enterrei o sonho. E detestei o garoto, sem ele saber, por um longo tempo...

cinco

A mãe, antes de ir para o emprego, sempre deixava dinheiro para o meu lanche. Certo dia, contudo, saindo atrasada, esqueceu. Eu também vivia atrasada, pulava da cama e, como morava perto do colégio, ainda dava tempo de encontrar o portão aberto; caso contrário, entrava pela portaria. Quem me acudia nessas horas era a funcionária, Mariana, uma senhora já de certa idade.

Naquele dia, verde de fome, lá pela hora do recreio, pedi emprestado o dinheiro do lanche para a Marilda, uma colega que recebia mesada generosa do pai abonado. Aliás, ela fazia questão de contar que, semestralmente, o seu guarda-roupa e os das duas irmãs eram renovados...

Ela mal olhou para mim e disse secamente: "Não tenho".

Fui rondar o quiosque onde a Mariana vendia lanches: sanduíches de pães doces com mortadela, uma delícia, e queijadinhas. Ela perguntou:

– Está atrasada, hoje, menina. Não está com fome?

Eu repliquei, o estômago já doendo:

– Estou, mas esqueci o dinheiro.

Ela sorriu:

– Que é isso, menina? Aqui está o seu lanche, amanhã você me paga.

Nunca um sanduíche de mortadela caiu tão bem, e a queijadinha foi tão doce.

Nesse dia eu entendi o significado de generosidade.

seis

Naquela época, o colégio só aceitava meninas. Éramos centenas, nos dois períodos, um mar de mulheres... Incluindo umas trinta freiras de várias idades e temperamentos. No verão escaldante, algumas trocavam os hábitos escuros de casimira por trajes brancos, o que lhes dava um ar mais jovial.

A maioria dos professores era constituída também de mulheres. Apenas alguns homens lecionavam no colégio, escolhidos a dedo pelas freiras: velhos, feios e casados. O único professor jovem e bonito que andou por lá casou com uma aluna do então chamado curso colegial; elas não podiam correr novamente o risco.

Uma vez por mês, contudo, aparecia o capelão. Aí, um *frisson* corria o colégio inteiro... Por vários e excelentes motivos: o padre era jovem, bonito, extrovertido e simpático. As filas do confessionário davam volta no corredor...

Quando da época da Primeira Comunhão, irmã Clarita, uma freira já idosa, fazia os ensaios com castanholas na mão: uma batida: levantar; duas batidas: ajoelhar; três batidas: sentar. Depois ela entrava no confessionário para treinar a confissão. Abrindo a sinistra portinhola de treliça, ela dizia, na sua voz aguda:

– Três pecados, menina! Três pecados!

Não sei por quê, essa história ficou na minha cabeça. Quando fui confessar de verdade, achei que deveria ter realmente os três benditos pecados. O problema é que só achava dois. Não tive dúvidas: fatiei ou desmembrei o segundo em duas partes. Problema resolvido.

sete

Era uma época de muitos preconceitos. Como ainda não havia divórcio no país e a sociedade era patriarcal, se os pais se separassem corriam o risco de os filhos serem discriminados. Determinados colégios, por exemplo, não aceitavam filhos de pais desquitados ou até os "convidavam" a mudar de escola, quando a separação acontecia. Então, vivessem bem ou mal, os cônjuges continuavam juntos.

Esse era o caso dos pais da Marilda. Quando, um dia, ela deu uma festa no apartamento (imenso) dela, ficou evidente a animosidade entre seus pais. Aliás, a mãe dela de vez em quando aparecia em casa, toda chorosa, para contar o quanto vivia mal com o marido. Com ela, ele era pura indiferença; com as filhas, contudo, um excelente pai, o que elas pediam, ele dava. Quando completou dezoito anos, Marilda ganhou um carro. Coisa espantosa para aqueles tempos, em que carros eram raros e todos importados.

Então, como a maioria tinha os pais por perto, eu era a estranha no ninho. E não apenas por isso: minha mãe sempre trabalhou fora, era funcionária pública. Aliás, desde a bisavó materna, todas as mulheres da família tinham profissão, outra exceção à regra.

Na porta do colégio, em vez de mãe ou avó, não tinha ninguém nos esperando, a mim e a minha irmã. Eu devia mesmo, aos olhos das "princesas" do colégio, parecer uma gata borralheira.

oito

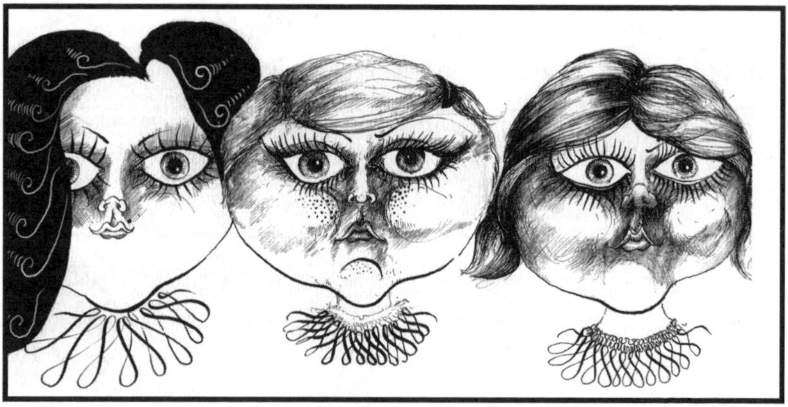

"Princesas" era o que não faltava no colégio: bonequinhas de luxo, mimadas pela família, cheia de dengos e frescuras... Havia também as garotas mais "normais", aquelas cujos pais pagavam o colégio até com um certo sacrifício, entre as quais eu me incluía, principalmente após a morte de meu pai.

Ele era dono de uma pequena empresa que passava por dificuldades na ocasião de sua morte prematura. Sorte é que minha mãe tinha emprego, caso contrário, teríamos passado sérias dificuldades. Ainda assim, até que a empresa se reerguesse, sob nova direção, a coisa não foi fácil.

No dia da minha Primeira Comunhão, o desfile de vestidos brancos – feitos de tecidos como organdi, organza e renda, cada um mais aprimorado que outro – ganharia de dez a um de qualquer desfile de moda *fashion*... Por meio daqueles vestidos mostrava-se a importância, não apenas da data, mas da família.

Minha mãe tinha uma amiga que costurava divinamente; tempos depois, aliás, ela abriria uma das primeiras lojas de roupas infantis na cidade. Meu vestido era, apesar de simples, um primor de elegância.

Mais tarde, os fru-frus e babados foram substituídos, por ordem da Igreja, por túnicas brancas com uma cruz estampada no peito, que deixava as garotas parecidas com cavaleiros medievais. Pelo menos igualou a todas, aposentando a ostentação.

nove

Meus pais eram grandes leitores. Eu também lia o que me caísse nas mãos. Ler era embarcar num tapete mágico que me desvendava horizontes cada vez mais extensos e deslumbrantes...

Lembro até hoje da enorme estante de madeira, arca de tesouro cheia de livros de todos os tipos. Coleções inteiras de escritores nacionais ou estrangeiros.

Minha mãe, cheia de pudor, escondia de mim alguns livros que ela considerava não adequados para uma donzela. De tanto fuçar, descobri que ela guardava os tais livros numa gaveta trancada. Quando ela saía para o trabalho, eu pegava a chave, abria a gaveta e tirava os livros... Lia sofregamente, procurando as passagens mais "quentes" ou picantes.

Que prazer inesquecível me deram aqueles frutos proibidos!

dez

Sempre fui irreverente, contestadora. Quando não aguentava mais, minha mãe se queixava a meu pai, que, por sua vez, me chamava no escritório e dizia:

– Dou um mês para você se comportar; caso contrário, sua mãe está autorizada a fazer um enxoval. Você vai ser interna num colégio de freiras.

Durante o mês, eu virava uma santa. Podia ser canonizada, tamanhas as minhas virtudes. Bom motivo eu tinha: verdadeiro pavor de ir para o colégio interno.

Diziam que as alunas tomavam banho de camisolão, para não ver o próprio corpo; que não se podia deixar comida no prato. E por aí o desfile aterrador...

Passado algum tempo, eu voltava a ser irreverente e contestadora. E tudo se repetia: minha mãe se queixando ao marido, ele me chamando ao escritório, eu virando santa por um mês...

Na volta do enterro do meu pai, dentro do táxi, ao lado da minha mãe e da minha irmã, em meio àquela tristeza, um pensamento inacreditável passou pela minha cabeça: "Me livrei do colégio interno".

onze

– A senhorita aceita esta contradança? – meu pai estendia a mão, convidando-me para dançar. Ele, que era formado em danças de salão, foi um excelente professor. Rodopiávamos na grande sala, ao som de valsas, sambas, até tango argentino. Era um homem bonito e moreno, de sorriso largo.

Como tivera apenas filhas, eu, principalmente, era criada como se fosse um filho. Certo dia, ao me ver chorando, quis saber a razão: eu apanhara de um moleque, na rua.

Ele então disse:

– Filha minha não chega chorando em casa; vá lá e bata.

Fui lá e dei a maior sova no moleque. Desde esse dia, nunca mais ninguém mexeu comigo.

doze

Naquela época, a mulher geralmente era dona de casa, a consagrada "rainha do lar"; quando muito, ia ser professora ou enfermeira, profissões consideradas dignas para uma "moça de família"; ou, concessão liberalíssima, advogada ou médica, quando o pai também o fosse.

As adolescentes, por sua vez, deviam ser bem-comportadas, puras e virgens, até mesmo candidatas a santas. Eu curtia, sobretudo, a vida das santas heroicas no martírio: olhos arrancados, decapitadas, queimadas vivas, afogadas, lapidadas ou atiradas às feras nos coliseus do Império Romano... Quanto mais sangue, melhor!

A preferida porque aliava tudo: coragem, vida aventureira e morte gloriosa, era Joana D'Arc, que eu considerava o máximo! Houve tempo até em que suplicava por uma situação em que pudesse agir como heroína, enfrentando dragões, exércitos, o que fosse. Decididamente, eu tinha alma de guerreira.

Apenas algumas adolescentes ousavam desafiar os limites impostos. Namoro, só com irmão ou irmã "segurando vela", fosse na rua, cinema ou parque. Em casa, mães e avós eram guardiãs experientes, melhores do que inquisidores medievais. Com o advento da TV, a coisa melhorou um pouco; enquanto os mais velhos grudavam na telinha, rolavam uns beijos dos jovens na sala ao lado, mas com atenção redobrada: um olho no namorado, outro no corredor.

Aliás, os namoros não passavam mesmo, na grande maioria das vezes, de mãos dadas e beijos roubados no escurinho do cinema. Namorar alguém desquitado... A fogueira já estaria acesa, os gravetos crepitando à espera da infeliz... Ai de quem desafiasse tudo isso: ser mãe solteira naquela época correspondia ao degredo na África ou às galés, como no tempo colonial.

Eu, como as garotas da minha geração, fui à escola, depois à faculdade, frequentava cinemas e teatros, visitava os parentes, namorava; enfim, usufruía uma vida aparentemente normal. Na realidade, nem precisaria muita vigilância mesmo: tirando alguns atrevimentos e irreverências, o cinto de castidade mental estava bem afivelado.

treze

Ao ficar viúva, minha mãe tinha 37 anos. Ficou de luto por cinco, só tirou a roupa preta por ordem médica, porque estava ficando anêmica. Passou a usar vestidos brancos de bolinhas pretas ou vice-versa. Nunca entendi o que luto teria a ver com a cor da roupa.

Nos primeiros tempos, a mãe, eu e minha irmã continuamos a morar sozinhas no apartamento. Foi, de certa forma, uma época tranquila. Filha mais velha, já tinha a chave da casa e ia adiantando o jantar até mamãe chegar do trabalho.

Isso durou até que meus avós maternos vieram morar conosco. Então, como água do chuveiro, meu sossego foi para o ralo, por um único motivo: minha avó era uma abelha-rainha.

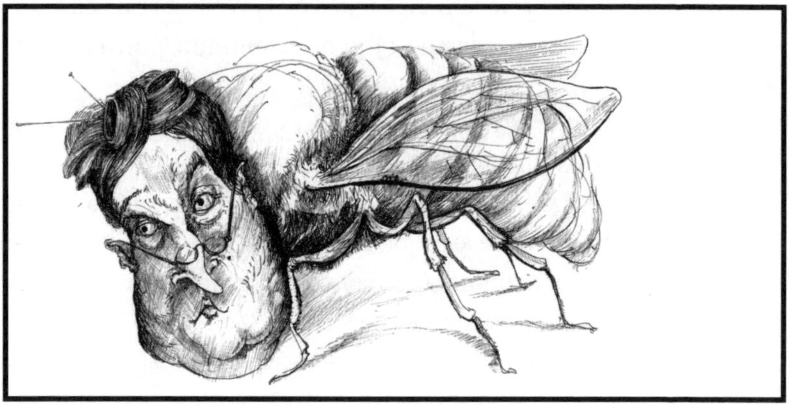

catorze

Entre mim e a avó havia, contudo, uma dívida antiga de gratidão. Nasci com pouco mais de quilo e meio aos oito meses de gestação; a "sabedoria popular" era taxativa: crianças de oito meses jamais vingam.

Não havia incubadoras nem berçários especiais para prematuros. O pediatra foi incisivo:

– Coloque esse bebê num capote de algodão, para que ele não morra de frio. Banho, só com óleo de amêndoa e talco.

Um mês depois, segundo as crônicas familiares, eu parecia uma tartaruga cheia de crostas pelo corpo inteiro. Desesperada, mas com a coragem que lhe era peculiar, a avó tomou uma decisão: com um algodão embebido em água filtrada e fervida, começou a me dar banho... Depois, me vestiu com roupa passada a ferro e ainda quentinha. Aos poucos, as crostas foram desaparecendo, deixando lugar à pele saudável.

Quando ela voltou comigo ao pediatra, ele comentou:

– Que linda criança! E a outra, já morreu?

A avó, sorridente, respondeu: "A criança é esta, doutor".

Ele não queria acreditar:

– Parabéns, a senhora conseguiu um milagre!.

O milagre foi cobrado a juros e correções monetárias pela vida inteira... Era só discordar da avó, lá vinha ela com a lenga-lenga: "Não se esqueça que eu salvei você, menina!"

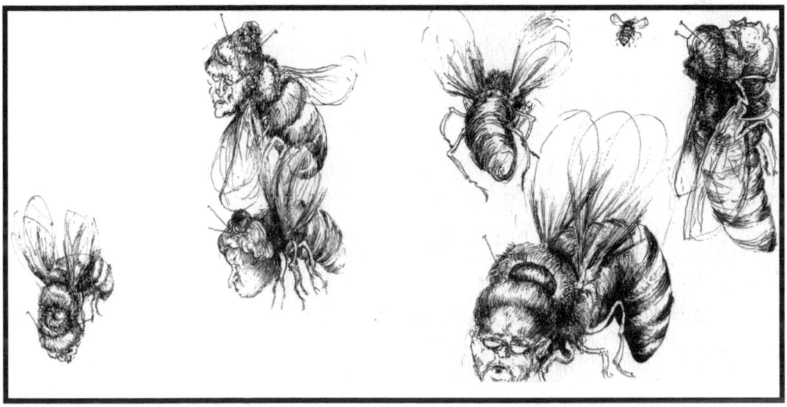

quinze

Minha família, do lado materno, sempre foi um matriarcado: abelha-rainha era o que não faltava. Começou com a bisavó que, no final do século dezenove, emigrou da Itália. Recém-casada, engravidou no navio. Cumpriu todo o roteiro dos que chegavam ao Brasil: desceu no porto de Santos, subiu a serra no trem maria-fumaça, depois ficou na Hospedaria dos Imigrantes, até o bisavô encontrar trabalho.

Tiveram dois filhos: a que seria minha avó, e um garoto, dois anos mais novo. O casamento não durou muito. Separaram-se, ele emigrou desta vez para a Argentina. Não sobrou dele nem um retrato, uma mísera lembrança. Minha avó não se lembrava nem do rosto do pai. Gostava de imaginar que talvez tivesse vários irmãos.

Sozinha em São Paulo, com dois filhos pequenos, a bisavó se mandou para o interior do Estado, para a casa de uma prima, única parente no Brasil. Lá viveu algum tempo, até conhecer um rapaz polonês pouco mais velho que emigrara para o Brasil ainda adolescente. Ele era viúvo; ela, descasada. Casaram, como se diz hoje, "de fato", o que se tornaria, por razões óbvias, o segredo mais bem guardado da família.

Com o novo marido, a bisavó teve mais três filhos: dois morreram jovens. O filho do primeiro casamento também morrera, aos vinte anos, numa epidemia de febre tifoide que assolou o Estado, numa época sem antibióticos. Deve ter sido terrível para a bisavó perder tantos filhos. O filho que sobreviveu casou tardiamente e não lhe deu netos. A única a deixar vários descendentes foi minha avó.

Quando já vivia há quase cinquenta anos no Brasil, a bisavó enfrentou uma situação insólita: o governo brasileiro, que até então, durante a Segunda Guerra Mundial, se mantivera neutro, em 1942 declarou guerra aos países do Eixo (Alemanha, Itália e Japão), inimigos dos Aliados (França, Reino Unido, União Soviética, China e Estados Unidos), depois que navios submarinos alemães afundaram navios brasileiros.

Os imigrantes originários daqueles três países foram então considerados inimigos, embora a maioria não tivesse qualquer colocação política. Muitos foram confinados nos chamados "campos de internamento", isto é, colônias agrícolas do interior do estado de São Paulo e em outros estados da federação, além de terem seus bens confiscados e outros direitos proibidos, como morar no litoral ou em lugares estratégicos, portar rádios ou máquinas fotográficas, falar em público na língua do país de origem, exercer determinados cargos públicos etc.

A bisavó, por ser italiana, era obrigada, quando se locomovia, a portar um "salvo-conduto" emitido pela Secretaria de Segurança Pública do estado de São Paulo: uma carteirinha de couro preta, com fotografia e dados pessoais, principalmente a nacionalidade italiana, que, finalmente terminada a II Guerra, com a vitória dos Aliados, em 1945, ela guardou, aliviada.

dezesseis

O bisavô que eu conheci era um homem alto e loiro de olhos azuis. Por ser muito corpulento, eu e minha irmã o apelidamos de "Vovô Gordo". Ao chegar ao Brasil, ele logo depois se engajara, como grumete, num navio que fazia a costa brasileira.

Certo dia, o comandante do navio, muito aflito, reuniu a tripulação dizendo que justamente naquele dia, em que recebia visitas ilustres a bordo, o cozinheiro tinha adoecido. Quem, pelo amor de Deus, daria conta do recado?

Vovô Gordo se ofereceu para fazer o almoço. Dizia ele que caprichara no tutu de feijão. Mais tarde, o comandante, todo sorridente, veio buscá-lo, dizendo que os passageiros ilustres queriam conhecer o autor de comida tão deliciosa.

Lá foi o garoto até o camarote principal. Nele, estava um casal, ambos idosos. O marido era um homem alto, de longas barbas brancas e sorridentes olhos azuis. A esposa, uma senhora simpática e baixinha. Após os elogios, o passageiro deu ao garoto uma gorjeta tão grande – duzentos mil réis – que ele demorou três meses para conseguir gastar...

Vovô Gordo era exímio cozinheiro. Seu bordão favorito era: "Nem se atrevam a criticar a minha comida, meninas. O Imperador do Brasil, D. Pedro II, e a Imperatriz, D. Teresa Cristina, comeram e adoraram!".

dezessete

Antes de a bisavó emigrar para o Brasil, seu irmão mais novo já fora embora para Túnis, capital da Tunísia. Ficaram cinquenta anos sem saber um do outro. Houve a Primeira Guerra Mundial, e a Segunda Guerra Mundial ainda estava em curso, com seus milhões de mortos e devastação em vários países...

Certo dia, já idosa, a bisavó foi ao cinema, lá na cidade boca de sertão onde vivia. Antes do filme, passava, como era de costume, um tipo de jornal com notícias do mundo todo.

De repente, eis que a reportagem começa a narrar a libertação de Túnis, em 4 de fevereiro de 1943, pelas tropas aliadas que derrotaram os nazistas no norte da África. Um jornalista, parado diante de uma loja, começa a entrevistar um senhor que se diz italiano e é o proprietário. Usa uma boina negra e está fumando um cachimbo...

Na plateia do cinema, a bisavó estremeceu e começou a chorar de emoção: na fachada da loja, estava escrito o seu nome de família. No homem idoso, ela reconheceu o irmão do qual estava separada havia cinquenta anos...

Ela contava que seu impulso foi levantar e gritar, no doce idioma natal: "*Sono io, sono io, anche tu puoi vedermi*?", ou seja, "Sou eu, sou eu, será que você também pode me ver?".

dezoito

Vovô Gordo comprava umas revistas que chegavam muito atrasadas lá na cidadezinha. Várias delas traziam fotos terríveis dos campos de concentração nazistas, principalmente na Polônia...

Certo dia, durante as férias, ele me pegou lendo uma delas. Ele tirou a revista das minhas mãos, dizendo: "Isso é muito triste, menina, não é coisa para uma criança ver".

Mais tarde, eu o flagraria lendo a revista e chorando como criança... Ele nunca comentou nada, mas talvez fosse judeu; muitos judeus poloneses emigraram para o Brasil na mesma época que ele.

Vovô Gordo era alfaiate de profissão: fazia ternos, casacas e fraques. Além disso, ele e a bisavó tinham uma joalheria.

Nas férias, eu ajudava no balcão. As jardineiras – um tipo de ônibus – traziam os moradores da zona rural para comprar alianças de ouro. As clientes da cidade preferiam os anéis de brilhante chamados "grãos de bico", do tamanho de uma unha do dedo polegar.

Quando vinha para a capital fazer compras, o bisavô trazia vidros de remédio vazios onde guardava as pedras preciosas. Era fascinante vê-lo tirar dos bolsos aquelas coisas cintilantes, como se fosse mágico ou velho feiticeiro.

dezenove

A casa dos bisavós na cidade do interior era enorme, com um quintal cheio de árvores frutíferas: tinha goiaba vermelha e branca, pés de laranja de todos os tipos e uma bananeira, sob a sombra da qual eu adorava ler gibis. Sem falar do jardim com rosas e hortênsias inesquecíveis de todas as tonalidades.

Meu pai não permitia gibis em casa. A solução era, nas férias, convidar a bisavó para jogar damas a dinheiro... Vinte centavos a partida. Já idosa e com os olhos ameaçados pela catarata, ela perdia todas. Com o dinheiro ganho, eu disparava rua acima para comprar os gibis.

Em casa, o único jeito era usar um estratagema. Como sempre estava lendo algum livro de capa dura, eu colocava o gibi dentro. Meu pai, lendo o jornal ao meu lado, de repente abaixava os óculos e perguntava:

– Está gostando da história?

Eu, na maior cara de pau, respondia:

– Está ótima, pai!

Na grande sala da casa dos bisavós funcionou durante muito tempo a primeira rádio da cidade. Os microfones ficavam na praça da matriz. Quando o *speaker* faltava, a bisa me chamava:

– Pegue o microfone e as fichas, menina, e dê conta do recado.

Eu dava conta. Lia as fichas, com as propagandas das lojas da cidade. Depois, punha na vitrola, de braço mecânico, os discos de vinil, de modas de viola e outras músicas preferidas do público. Eu torcia para que o *speaker* faltasse, pelo menos enquanto eu estivesse de férias. De qualquer forma, eu estava sempre por ali, na reserva.

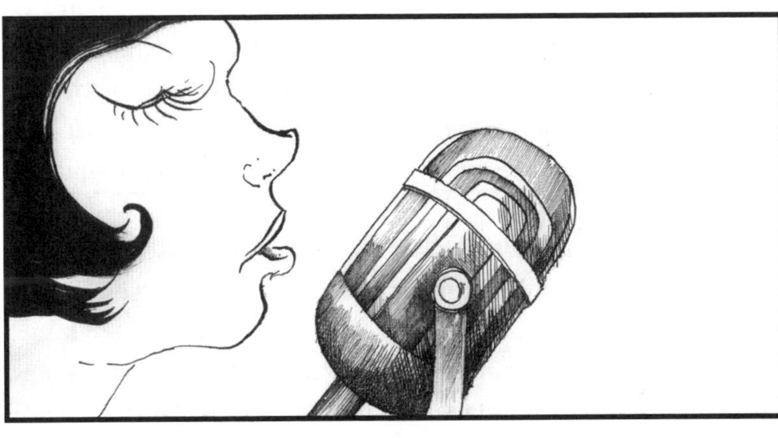

vinte

Quando nasci, miúda como um ratinho, eu não tinha nem força para sugar o seio materno. A solução era buscar o leite na Cruz Vermelha, tirado de mães doadoras. Depois fazer um furo bem grande no bico da mamadeira...

Mamei leite de dezenas de mães, de todas as cores e etnias...

Quando minha mãe nasceu, a avó era ainda adolescente. Não conseguia amamentar a criança. Meu avô contratou uma ama de leite, uma senhora negra que dera à luz havia pouco tempo...

Minha mãe e o irmão de leite cresceram juntos e foram amigos pela vida inteira. Às vezes ela me levava para conversar com ele, no ponto de bonde tipo "camarão", todo fechado, do qual ele era motorneiro.

Era um homem alto e forte, de sorriso largo, o seu Jorge.

Eu adoraria conhecer meus irmãos de leite: brancos, negros, amarelos. Devia ter dezenas...

Acho que por ter mamado leite de tantas mães diferentes, eu peguei muita imunidade. Quando a mãe reclamava para o pediatra que eu era pequena e magrinha, ele respondia, fazendo graça:

– Mas é forte como um cavalo!

vinte e um

Quando eu sentia medo das luzes refletidas na parede do meu quarto, meu pai dizia: "É apenas o poste da rua. Enfrente seus medos".

Quando eu chegava chorando da escola por ter sofrido alguma maldade, ele dizia: "Nunca se conforme com uma injustiça; defenda seus direitos".

Mas com que direito ele queria me pôr no colégio interno, contra a minha vontade? Será que ele não desconfiava de que eu não conseguia enfrentar *aquele* medo? E ele não ia cometer a maior injustiça agindo daquela forma?

Foi aí que descobri como as pessoas são complexas.

vinte e dois

Quando a menina no pátio do colégio me apontou o dedo e disse para as outras: "Coitada, ela não tem pai!", talvez eu não devesse simplesmente ir chorar. Mas ter ido até ela para confrontá-la, com voz firme e segura:

– Deixe de ser boba, menina, eu não tenho culpa se o meu pai morreu. Eu tenho pai, sim, senhora. Todo mundo tem pai. Ou você acha que a minha mãe foi fecundada pelo vento?

Mas cada pessoa é o seu momento. E, naquele momento, eu estava ferida, desamparada. Quem sabe, naquelas circunstâncias, o melhor que eu tinha a fazer era chorar todas as lágrimas possíveis...

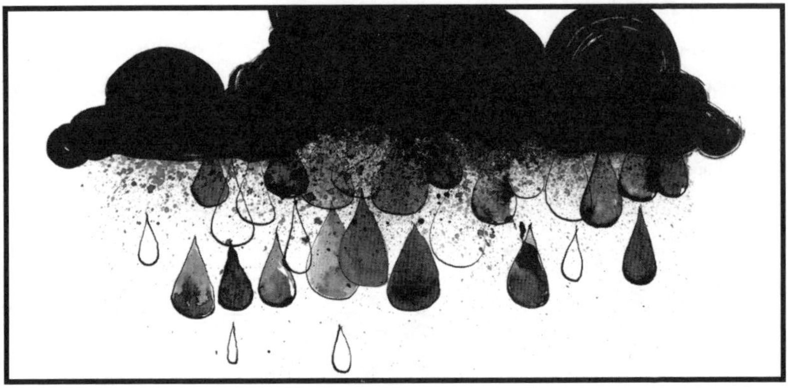

O mar deposita na areia todos os seus destroços. As lágrimas, de certa forma, fazem a mesma coisa. Chorando, a gente bota para fora os nossos destroços. É uma forma esplêndida de esquecer...

Mas esquecer é diferente de perdoar.

O perdão é como tempestade que começa com raios e trovões... Depois vem a chuvarada que lava tudo. E sobe aquele cheiro bom de terra molhada, de terra recém-nascida.

Nasci muitas vezes – continuo nascendo...

vinte e três

Mas não era apenas por não ter pai que eu era discriminada.

Havia, na aula de Educação Física, um jogo obrigatório: a queimada. Consistia em fugir da bola que uma atiradora do time adversário mandava em cima da gente. Depois pegar a tal bola e mirar outra jogadora...

A turma era dividida em vários grupos. A líder do grupo podia escolher o seu time. Então, as "quatro mosqueteiras" eram irremediavelmente separadas: a Marley e a Raquel, por motivos óbvios, eram dispensadas do jogo. Sobravam eu e a Nídia, que ninguém queria escolher porque éramos as piores jogadoras de toda a classe.

Ficava aquela coisa infame de ser deixada para trás e escolhidas no último momento, por imposição da professora. Era muito melhor que nos deixassem em paz, as quatro, para lermos um livro no pátio, ou mesmo ir rezar na capela. Mas não. Enquanto Marley e Raquel ficavam na classe, nós duas éramos os alvos preferenciais de todas as bolas, porque, evidentemente, isso marcava ponto para o time adversário. Humilhação total.

Como eu odiava aquela aula de Educação Física! E não ficava nisso. Havia uma miserável trave em que devíamos andar, de braços abertos, de ponta a ponta. Quando subia naquele instrumento de tortura, o mundo girava à minha volta e eu quase despencava lá do alto, sendo amparada pela professora. Verdadeiro suplício.

Mas... Tudo que sobe desce. Uma vez por mês, a classe era dividida também em turmas para fazer um trabalho específico. Por exemplo: cada turma deveria apresentar um relatório completo sobre um Estado brasileiro.

Aí era a hora da "vingança maligna". Como eu era uma das melhores alunas da classe, sempre era chamada para formar o primeiro time, constituído de sete ou oito alunas, dependendo do tamanho da classe.

De cara, eu escolhia a Raquel. Não por pena, mas porque o trabalho sempre demandava algum tipo de ilustração, e a garota era uma artista. Depois, a Marley, que, pela dificuldade de locomoção, ficava encarregada das pesquisas. A quarta escolhida era a Nídia, que, por não sair quase de casa nos finais de semana, copiava tudo o que a gente pesquisava durante os dias úteis, na sua letra fininha e caprichada.

O melhor da festa era que as demais ficavam se oferecendo para entrar no meu grupo, sabedoras de que sempre a gente ganhava as melhores notas. Chegavam a adular, a trazer até presentes, eram lobistas genuínas e manipuladoras. Se já existisse essa profissão, teriam emprego garantido.

vinte e quatro

As férias eram sagradas. Minha mãe, como funcionária pública, tinha apenas vinte dias de férias no ano. Mas eu e minha irmã tínhamos meses pela frente... Arrumávamos as malas e, na companhia da avó, íamos até a estação Sorocabana para embarcar no velho trem a carvão, a maria-fumaça. Cuidadosa, a avó mandava fechar as janelas, não fosse alguma fagulha entrar nos nossos olhos.

A paisagem que desfilava era como um filme: bois e vacas refugiados do sol, sob as frondosas mangueiras dos pastos, cavalos pastando... O trem ia parando em várias cidades, anunciadas em voz alta pelo velho bilheteiro. Pela janelinha, a gente comprava cocadas, pamonhas ainda quentes... Depois de três horas e meia de viagem, finalmente, aportávamos na cidadezinha.

Tomávamos o velho e único táxi, com o motorista já conhecido de outras férias. Ao chegarmos ao casarão, junto à praça da matriz, a *nonna* e Vovô Gordo já esperavam – comitê de recepção sorridente e ansioso –, sentados em poltronas de vime, lado a lado, na calçada. A porta da rua permanecia sempre aberta, com um

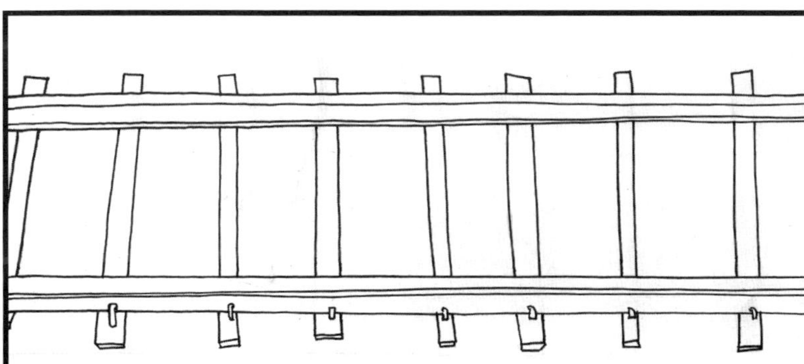

tijolo impedindo que se fechasse. Depois do almoço farto, Vovô Gordo nos levava ao mercado para comprar guloseimas...

A casa era muito diferente da minha, na capital, por isso mesmo tão interessante. Na cozinha, um imenso fogão a lenha, sempre aceso. Num canto, aproveitando o borralho, dormia o gato da casa. Não havia geladeira, o queijo fresco e a manteiga eram guardados em potes de cerâmica cheios de água para não estragar.

Pelo menos, havia um belo banheiro, com chuveiro e vaso sanitário. Em outras partes da cidade, ainda existiam os "quartinhos" de fundo de quintal: fedorentas fossas sanitárias, cobertas por uma madeira com um furo circular, praticamente a rés do chão. À noite, em tais casas, ainda se usavam, como nos tempos coloniais, urinóis e penicos.

Meu avô contava uma história terrível, daquelas de dar pesadelo: no seu tempo de criança, um garoto caíra dentro de uma dessas fossas. Deram-no por perdido, até que um pobre andarilho, condoído com a sorte do menino, se propôs a resgatá-lo. Desceu, seguro por cordas, e salvou o moleque. Ficaram três dias tomando banho de sabão de cinzas e creolina para tirar o cheiro e, principalmente, evitar as possíveis e, naquela época, mortais infecções.

A respeito desse fato, meu avô comentava que a verdadeira natureza das pessoas se conhece na hora do limite... E que o pior defeito que uma pessoa pode ter é a ingratidão!

vinte e cinco

No colégio, a irmã Clarita era a professora de Religião. Na sala, durante as aulas, as meninas faziam a maior algazarra. Em desespero de causa, ela certo dia escreveu na lousa em letras garrafais:

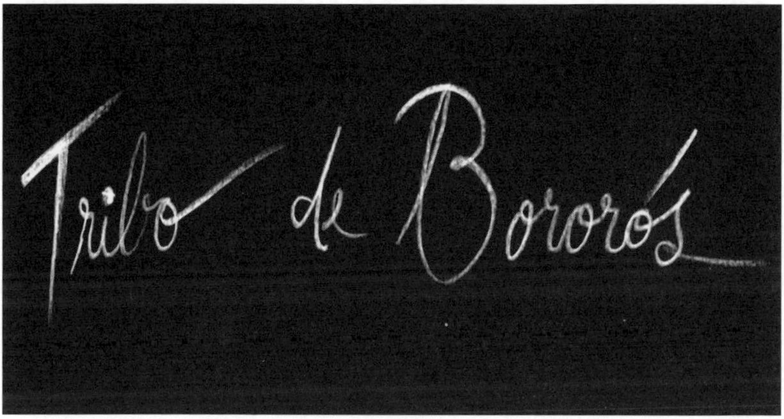

Até hoje fico em dúvida se foi crítica ou elogio.

Diziam que os índios davam toda a liberdade para as crianças... Elas podiam brincar, gritar, fazer o que quisessem... Com tanta disciplina no colégio, com rainhas-abelhas na família me controlando a vida, eu achava esse tipo de vida indígena simplesmente maravilhoso! Eu adoraria ter nascido mesmo uma bororó...

Irmã Arlete, outra irmã idosa, era professora de Francês. Costumava implicar comigo, que sempre fui muito curiosa em aula. Um dia, ela me disse:

– Você é tão rebelde, menina, que, quando você se casar, o seu marido vai pôr o chapéu na cabeça, bater a porta e sumir no mundo...

Eu respondi sem pestanejar:

– Muito simples, irmã: eu caso com homem que não usa chapéu.

Irmã Celina, ao contrário, era jovem, bonita e alegre. Seus grandes olhos azuis resplandeciam... A gente não conseguia entender como uma mulher tão encantadora decidira ser freira. Vestida de hábito branco, a touca de abas na cabeça, ela deslizava pelos corredores do colégio sempre sorridente, os dentes parecendo pequenas sementes dentro dos lábios carnudos... Só podia mesmo ser vocação.

Ela de vez em quando me convidava:

– Que tal ser freira, menina?

– Posso levar meu violão para o convento, irmã?

– Violão, eu acho que não permitem.

– Então, sinto muito, irmã. Eu não vivo sem o meu violão.

– Tudo bem. O senhor também pode ser louvado através da música.

O violão foi uma boa desculpa. Eu não tinha mesmo era a tal vocação. Só de me imaginar fechada num convento, obedecendo a ordens, tudo com hora certa... já me dava claustrofobia.

vinte e seis

As freiras do colégio pertenciam a uma ordem francesa, muito rigorosa e de clausura. Esta ficava no andar superior do colégio, onde era proibida a entrada das alunas.

Eu tinha fantasias incríveis com aquela bendita clausura: imaginava que ela fosse habitada por seres fantásticos, um mundo sobrenatural, coisas desse tipo. Passava diante da porta fechada todo santo dia, como se atrás dela houvesse uma caverna das Mil e Uma Noites...

Um dia, esgueirando-me pelo corredor, fiquei de vigia durante um bom tempo... Até que uma freira apressada saiu da clausura e deixou a porta aberta.

Deus! Que emoção! Penetrei na clausura com o coração aos pulos, acelerado... Meus olhos custaram a se acostumar com a quase escuridão, pois eu não me atrevia a acender a luz...

Qual não foi minha decepção ao encontrar um quarto parecido com o de um hospital, as camas de ferro branco enfileiradas lado a lado...

Furo na água a clausura das freiras.

Na imaginação era muito melhor!

vinte e sete

Antigamente, não havia o curso fundamental: eram oito anos, divididos em quatro anos de curso primário, um opcional, o de admissão, e mais quatro de curso ginasial.

Como o colégio das freiras exigia que as meninas já entrassem alfabetizadas, antes de eu ingressar no primeiro ano do curso primário, minha mãe me colocou como aluna na classe organizada por uma vizinha recém-formada professora. Precisando "treinar" antes de ir trabalhar em alguma escola, ela reuniu uma dezena de crianças da vizinhança. Na sala da frente de sua casa, ela nos alfabetizou em pouco mais de três meses... E ainda por cima ganhávamos um lanche feito pela mãe da professora: bolo e suco de frutas.

A professora, que se chamava Aline, uma vez por dia parava de dar aula e ia para a janela: curiosa com aquilo, eu espiava por trás dela, e sem que ela percebesse, o que acontecia na rua de tão interessante, para fazê-la não apenas interromper a aula como deixar seu rosto até corado: era um jovem estudante de Medicina, nosso vizinho, que saía toda manhã para ir à faculdade. Moço bonito, de cabelos e olhos negros, era a paixão das moças do bairro.

Coitada da professora: ele nunca deu a menor bola para ela, que se contentava em adorá-lo, sem que ele soubesse, atrás da janela da sala de aula improvisada.

Eu tinha tanta pena dos amores impossíveis!

vinte e oito

Quando fiz sete anos, e já estava alfabetizada, finalmente fui aceita no colégio. Minha primeira professora era uma senhora morena, de coque preso no alto da cabeça: dona Josefina. Era casada e já de uma certa idade, e muito querida pelas freiras.

No final do primeiro dia de aula, as minhas tranças, feitas cuidadosamente por minha mãe e amarradas com laços de fitas, desmancharam, porque meu cabelo sempre foi tão liso que não segurava nem grampo.

Abri o berreiro, desconsolada. Dona Josefina veio até mim e disse:

– Não chore, menina bonita. Eu faço de novo suas tranças...

Certo dia, dona Josefina me pôs para tomar a tabuada do nove que todo mundo temia. Quando cheguei à última fileira, uma colega me ofereceu santinhos em troca de eu lhe ensinar a tabuada. Como eu ia trair a dona Josefina? Disse que não. A garota guardou os santinhos e ficou minha inimiga para o resto da vida.

Muitos anos depois encontrei a tal garota, agora casada e mãe, numa praia. De brincadeira, relembrei o episódio acontecido tanto tempo atrás; ela não gostou nada, nada. Pior foi quando o marido, também presente, comentou, aos risos:

– Pois saiba que ela continua assim, manipuladora, até hoje...

vinte e nove

Dona Cíntia, a professora do segundo ano primário, era solteira. Tinha um rosto quadrado, marcado por acne na juventude. Não transmitia emoção, policiava seus menores gestos. O timbre de voz era constante, nem alto nem baixo. Ela me parecia um grande casulo que talvez jamais se transformaria numa borboleta.

Certo dia, durante a aula, fiz uma pergunta à dona Cíntia:

– Professora, por onde sai o ovo da galinha?

Dona Cíntia ficou vermelha, depois roxa. Olhou para mim, desconcertada. Depois falou:

– Isso é pergunta que se faça, menina?

Fiquei muito tempo sem saber por onde saía o ovo da galinha. Imagine se eu tivesse perguntado por onde saíam os bebês.

A da terceira série era dona Vanice, loira e magra como uma espiga de milho. Moto-contínuo, falava e se mexia tanto que não dava deixa para as alunas... De qualquer forma, preparou com afinco as melhores alunas, entre as quais eu me incluía, para pular a quarta série e ir direto para a quinta, chamada de admissão.

A da quinta séria chamava-se dona Bradamante, era viúva e meio aparentada com a minha família. Talvez por isso era muito simpática e sorridente quando se dirigia a mim.

Eu achava incrível aquele nome. Parecia nome de bruxa, mas a professora era tão gentil! O que será que passa na cabeça dos pais quando dão esses nomes estranhos para os filhos?

trinta

Foi justamente com a dona Bradamante que protagonizei minha cena mais constrangedora no colégio: no final do ano de admissão, para adentrar o curso ginasial, a gente devia fazer prova escrita e oral.

Em dias de prova, de tanto nervoso, eu nem conseguia comer; ia praticamente em jejum.

Na prova escrita de admissão, tudo correu muito bem. Apenas o velho suor nas mãos que eu enxugava de vez em quando. O que não faltava era lenço na minha carteira-farmácia.

Quando chegou a hora do exame oral, de repente travei como se tivessem me puxado o freio de mão. Só conseguia dizer: "Não vou, não vou, não vou".

Dona Bradamante não teve dúvidas: me arrastou pelo corredor até a sala onde estava a banca examinadora. De frente para os professores, curiosamente, serenei. Engrenei a primeira marcha, a segunda, a terceira, a quarta e por aí fui, tão acelerada que, em determinado momento, um deles me interrompeu, sorrindo:

– Pode parar, menina, estamos satisfeitos!

Dias depois, íamos mamãe e eu em direção ao colégio para saber o resultado das provas quando encontramos a Ana Lúcia, uma colega de classe. Ela me disse, de passagem:

– Nem precisa se dar ao trabalho, porque você não passou.

Engrenei uma marcha à ré na hora, mas mamãe me segurou pelo braço:

– Que é isso, vamos lá ver a lista dos aprovados.

Em nem tinha coragem de olhar. Foi quando mamãe deu um grito:

– Olhe o seu nome aí! Você passou com notas ótimas!

O nome da Ana Lúcia também estava na tal lista, logo acima do meu, porque não era por notas, mas por ordem alfabética. Era impossível que ela não tivesse visto o meu. Por que, santo Deus, ela faria tal maldade comigo? E sem a menor necessidade...

Nunca entendi esse tipo de comportamento, principalmente de alguém que se dizia minha amiga.

trinta e um

No curso ginasial, o equivalente à segunda parte do ensino fundamental de hoje, as professoras responsáveis pelas classes eram todas freiras, além de dar algumas aulas, juntamente com professores leigos.

A da primeira série era justamente a irmã Clarita (a das castanholas e dos três pecados no confessionário, quando do ensaio para a Primeira Comunhão, e da tribo dos Bororós, quando em sala de aula, lembra?).

Durante muitos anos, nossa madre superiora foi *Mère* Josephine (mãe Josephine, em francês), um doce de pessoa. Quando ficou muito idosa, se aposentou e foi para o retiro das freiras, numa cidade do interior. Em substituição a ela, veio *Mère* Therese, o oposto da anterior. Quando chamava irmã Clarita pelo microfone, a voz ecoando assustadora pelo colégio inteiro, aquela corria para a diretoria, tão aflita que causava dó.

Mère Therese metia mesmo medo, e não era só em irmã Clarita. Alta e magra, sempre de hábito negro, nos dirigia a palavra em tom seco, sem mover um músculo da face. Sorrisos eram mais raros naquele rosto do que água no deserto. Penamos com ela por muito tempo.

Todos respiravam aliviados quando, tempos depois, foi substituída por *Mère* Cristine, severa, mas acessível. O céu voltou a ser azul, como depois da tormenta.

trinta e dois

A responsável pela segunda série do ginásio era irmã Malvina. Comentava-se que ela era de família nobre portuguesa. E que entrara para o convento depois que o noivo morrera na guerra. Qual guerra, ninguém sabia. Provavelmente era tudo simplesmente fofoca. Mas que ela tinha um porte senhorial, isso tinha. Uma coroa na sua cabeça não cairia mal.

Foi ela quem me consolou quando meu pai morreu. Com gestos e voz suaves, acalmava meu sôfrego coração de menina.

Tinha uma pele tão branca que chegava a ser transparente. Quando a via, com seus passos rápidos, pelos imensos corredores do colégio, ela me parecia um grande pássaro esvoaçante...

Grande irmã Malvina.

A freira da terceira série era exatamente o oposto: a irmã Arlete (da história do marido e do chapéu). Fruta ácida colhida verde do pé. Estava sempre de mau humor, era quase grosseira. Se comparada com irmã Malvina, que era pura delicadeza, irmã Arlete perdia feio.

Eu imaginava como devia ser a convivência delas quando o colégio fechava as portas, as meninas iam para suas casas, e elas ficavam sozinhas... Com tanta discrepância de temperamentos, não devia ser fácil. Ainda mais que sempre corriam o risco de aguentar uma nova "*Mère* Therese". Acho que foi por isso que optei pelo meu violão.

trinta e três

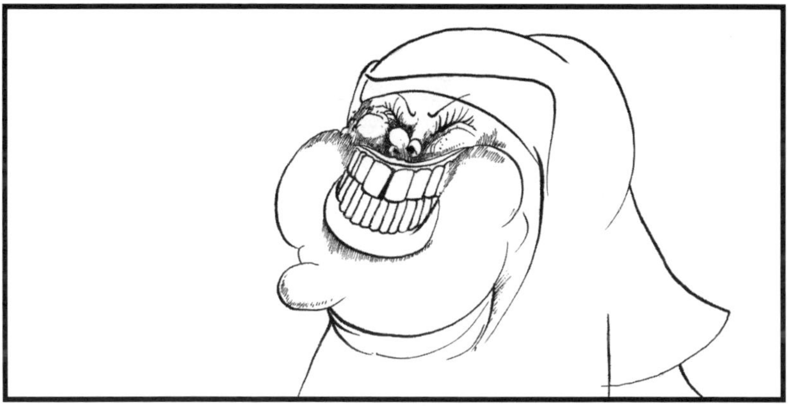

A quarta série do ginásio era responsabilidade de irmã Juliana. Alta e obesa, majestosa. A voz era retumbante, como um verso do Hino Nacional. Mesmo *Mère* Therese não se atrevia a mexer com ela.

Irmã Juliana devia sofrer muito com o calor. Era a primeira, durante o verão tropical, a trocar o hábito de casimira inglesa pelo de linho branco que a deixava ainda mais obesa, mas feliz.

Sorridente e espontânea, dava-se bem com as garotas, seus abraços eram do tipo rompe costelas. Quem tivesse ossos fracos que ficasse longe de irmã Juliana. Ela adorava os presentes de fim de ano de minha mãe, que era uma grande crocheteira e inventou umas bolinhas que, desdobradas, viravam pequenas sacolas coloridas. Práticas a ponto de caber no bolso dos hábitos das freiras.

A cozinha do colégio ficava no andar térreo. Quem cozinhava eram algumas freiras com a ajuda de funcionárias leigas. Elas almoçavam muito cedo, antes de começarem as aulas vespertinas, do primário e do ginásio. Também se recolhiam cedo, depois do jantar e das preces obrigatórias.

De madrugada, aquele imenso colégio parecia um castelo de luzes apagadas, a ponte levadiça recolhida. Como eu amava aquele colégio! Dos sete aos dezoito anos, ele foi meu segundo lar.

trinta e quatro

Havia, no colégio, a hora do bordado. A gente aprendia a fazer "ponto *à la jour*", coisa complicadíssima: consistia em desfiar o tecido, contando os fios, de cinco em cinco, e depois passar uma laçada com linha branca. Era usado geralmente para fazer barrados em toalhas ou lençóis. Além de aprender a bordar – ponto cheio, ponto cruz, ponto sombra e vários outros –, ainda tínhamos de rezar o terço que uma freira "cantava" lá na frente da classe. Dava tempo até de rezar o rosário: três terços.

Eu detestava bordado, tricô, crochê, qualquer tipo de trabalho manual. Fingia bordar e, respondendo às Ave-Marias, eu me entretinha chupando tamarindos... Eles me deixavam as mãos escurecidas e absolutamente impróprias para a aula. Depois levava tudo para a mãe terminar em casa. Trazia as toalhas engomadas e bordadas no capricho. Só tirava nota dez, era o orgulho das professoras.

Até suspirei de alívio quando descobri que, no curso clássico, não havia aulas de bordado nem de desenho.

Do meu francês, só sobrou a Ave-Maria, tão linda e sonora que jamais esqueci.

Je vous salue Marie, Pleine de grâce, le Seigneur est avec vous. Vous êtes bénie entre toutes les femmes, et Jésus le fruit de vos entrailles, est béni. Sainte Marie, Mère de Dieu, priez pour nous, pauvres pécheurs, maintenant et à l'heure de notre mort, ainsi soit il.

A gente rezava fazendo biquinho...

trinta e cinco

Nasci princesa: primeira filha, primeira sobrinha, primeira neta, primeira bisneta; e minha corte era fiel. Reinei absoluta até os cinco anos de idade.

De repente, como um asteroide que cai na Terra vindo flamejante do espaço, a barriga da minha mãe começou a crescer... Ela tentou me explicar que eu ia ganhar um irmão ou irmã, mas eu já pressentia que meu reino estava em jogo, que de dentro daquela barriga sairia um usurpador de todo o meu poder.

Certa manhã, acordei no berço que ficava no quarto dos meus pais, no meio do maior tumulto: minha mãe chorava na cama. Em volta dela, uma mancha que aumentava feito onda escarlate...

Meu pai, atabalhoado, falava ao telefone... Só lembro que logo mais apareceram o avô e a avó, e minha mãe foi levada de táxi para a maternidade...

O caso de mamãe, eu descobri muito depois, era grave: placenta prévia, quer dizer, a placenta que deveria sair após o parto nasce antes do bebê, pondo em risco a vida de ambos. O médico perguntou à queima-roupa para papai:

– Quer que salve sua mulher ou a criança?

Mesmo espantado com a pergunta, ele nem titubeou:

– Salve minha mulher, doutor, tenho uma filha de cinco anos esperando por ela em casa...

Bem, pelo menos alguém pensara em mim.

Salvaram-se as duas. Quando chegaram da maternidade, eu nem queria olhar o motivo da minha aflição. Além de vir roubar meu poder, a minha irmã estava toda amarela, porque, pelas circunstâncias do nascimento, ficara com icterícia. Naquele tempo não havia a lâmpada que cura os bebês nos berçários. Todo dia vinha uma enfermeira aplicar uma injeção na menina. Eu me trancava no banheiro, tapando os ouvidos, para não ouvir aqueles berros...

Meu sofrimento não parou por aí. Aos poucos, sutilmente, fui perdendo meu *status* anterior: aquela belezinha meio careca, de olhos claros no rosto de boneca, atraía todas as atenções. Os menores sorrisos eram motivo de alegria; se chorasse, todos acudiam fervorosos para atender sua majestade.

Ainda por cima, nessa segunda gravidez, como o bebê não era prematuro, ele podia mamar... E a minha mãe tinha muito leite, que o bebê sugava na maior voracidade. Às vezes, até, vendo a expressão curiosa do meu rosto, mamãe tirava um pouco de leite e me dava numa colher para eu experimentar o gosto.

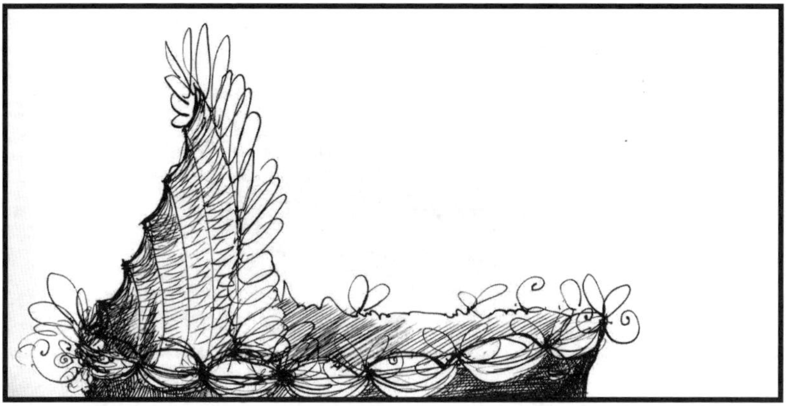

A qualquer hora, quando o bebê chorava, ela dava de mamar, trocava fraldas, cantava para ele dormir... Então, achando que o desvelo já era demais, tomei uma decisão drástica que durou um longo tempo, meses, quiçá anos: acordava, sentindo o lençol molhado e chamava:

– Mamãe, eu fiz xixi na cama...

Lá vinha ela, toda sonada me acudir.

Será que ela desconfiava da minha vingança infantil? Se bem que nem eu mesma tinha consciência disso, apenas sentia um prazer indescritível. Bem que os antigos diziam que "ser mãe é padecer no Paraíso". Mas anjo eu não era com certeza; levava mais jeito era de uma diabinha.

trinta e seis

O problema é que a minha irmã era um anjo: boazinha, tranquila, doce. Eu era a irrequieta, levada, irreverente, bagunceira, às vezes até malcriada. Todos os adjetivos negativos possíveis e imagináveis.

O único que me entendia era meu avô. Se minha avó era uma abelha-rainha, ele era um zangão: pacífico e amoroso, no meio daquela mulherada. Enquanto minha mãe ficou internada na maternidade, ele passava horas alisando o braço da filha querida que sofria as dores pós-parto cesariano, que, naquele tempo, era um corte enorme e vertical que ia do umbigo até o púbis, operação de alto risco.

Ele pôs em mim um apelido que dizia tudo: "Mariquinha terremoto".

Eu fiz por merecer.

Na sala de jantar havia uma cristaleira, tipo de estante com portas de vidro, usada para guardar cristais, alguns até herdados de outras gerações. Um dia, vindo correndo pelo corredor, entrei pela frente e saí pelos fundos da cristaleira e quebrei tudo – não fiz nem um arranhão. Felizes por isso, ninguém reclamou da perda.

Minha irmã quase não tinha cabelo. Para ficar parecida com ela, uma vez sentei na calçada e, com uma tesoura, cortei todo o meu cabelo; fiquei parecendo um moleque. Melhor que eu só a garota da esquina, que, por causa dos piolhos, tivera todo o cabelo raspado, o que eu achei o máximo!

Fiquei trancada por dentro do quarto do apartamento, com a janela aberta e uma cadeira sob ela. Minha avó chorava do outro lado, suplicando que eu passasse a chave por baixo da porta, o que acabei fazendo. Ela ria e chorava ao mesmo tempo enquanto me beijava.

Atravessei a rua de supetão, no alto da ladeira, e o senhor japonês que dirigia um carro, pego de surpresa, não teve tempo de brecar. Fiquei ali deitada vendo o carro passar sobre mim... Depois, enquanto o pobre do motorista tremia, pálido de susto, e a minha avó berrava, desesperada, com minha irmã nos braços, eu dizia, tranquila, tentando consolá-la:

– Não chora, vó, eu estou viva.

Levada para o pronto-socorro próximo, os médicos constataram apenas um hematoma na cabeça, do tombo. Como a culpa fora minha, ninguém processou o motorista, que prestou todo o socorro possível.

Nos dias seguintes, apareci com um febrão. Um neurologista conhecido, com consultório próximo a minha casa, foi enfático:

– Rezem pra ter alguém com doença infantil na vizinhança. Se não for isso, é meningite.

Por sorte, minha melhor amiga e vizinha apareceu com sarampo. Minha avó me cobriu com um cobertor vermelho, simpatia antiga. E, logo mais, para alívio de todos, estourou meu glorioso sarampo.

Minha avó dizia que, por conta das minhas estripulias, o cabelo embranquecera antes do tempo – malandragem dela: na família todo mundo tinha cabelo branco muito cedo por falta de melanina. Também dizia que a vista enfraquecera de tanto susto que levou comigo. Pelo visto, minha dívida com ela crescia a cada dia.

trinta e sete

Mas havia um item em que eu ganhava disparado da irmãzinha: eu era generosa, concordava em dar ou dividir meus brinquedos com as outras crianças; ela não dividia, nem dava, caco de unha. As bonecas podiam ficar estropiadas, sem cabeça ou braços, que ela berrava como louca se alguém quisesse tirar dela para dar a alguém.

Se eu fizesse alguma arte, encarava. Ela se fazia de desentendida, a maior cara de santa. Então, evidentemente, quem sempre levava a fama era eu. Aliás, já estava acostumada. Um pouco mais, um pouco menos, não fazia diferença.

Até quando nosso pai morreu, precocemente, a carga maior da perda ficou por minha conta. Ela tinha pouco mais de sete anos, não entendia muito bem o conceito de morte.

No velório, enquanto eu olhava curiosa e quase impassível o rosto paterno, no caixão, a expressão tão serena de alguém que parecia estar dormindo, ouvi uma gritaria vindo da porta. Era minha irmã, que chegava aos berros, arrastada por uma tia que insistia:

– Você precisa se despedir do seu pai.

A coitada da menina se debatia tanto que chegou ofegante à beira do caixão. Os olhos arregalados como se visse um fantasma. Nunca entendi o porquê de obrigar aquela criança assustada a encarar uma coisa para a qual talvez não estivesse ainda preparada. Eu já tinha, ou imaginava ter, idade suficiente para aguentar o tranco.

trinta e oito

Foi então que descobri a verdadeira natureza daquele anjo barroco: por fora, boazinha, sempre sorrindo obediente, a queridinha de todos; por dentro, um frágil cristal que se quebraria fácil. De repente, como se me tivessem virado ao contrário, eu descobri que não tinha mais raiva da minha irmã: agora, eu sentia pena.

Decidi que, irmã mais velha, eu seria a sua protetora. Teria de ser corajosa por nós duas, porque não tínhamos mais aquele homem forte e risonho a nos proteger... Ele que dizia a quem quisesse ouvir:

– Filha minha não vai depender de marido; filha minha vai ter profissão que a sustente e a torne independente.

Só que a maninha não sabia dessa minha disposição. Ela se julgava protegida pela mãe. O que ela desconhecia, mas eu já descobrira, com minha fina sensibilidade de menina, era o fato de que nossa mãe era (e seria), visceralmente, uma eterna "filha".

Nunca encontrei, em toda a minha vida, devotamento igual ao que minha mãe tinha pela própria mãe, a grande abelha-rainha. Uma não vivia sem a outra.

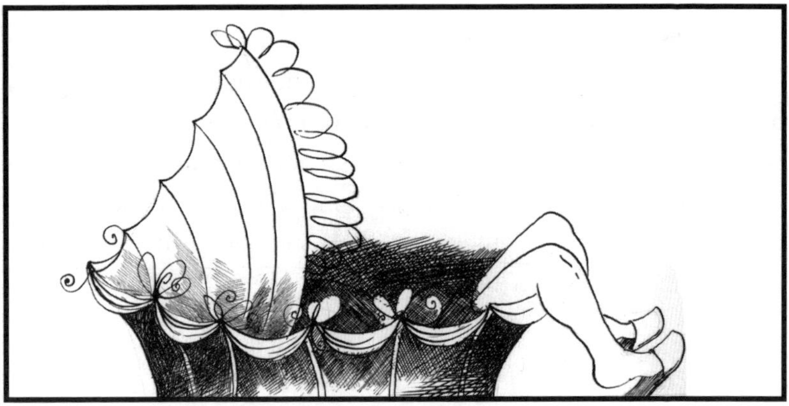

Um dia, quando mamãe chegou de viagem, assim que ouvi a chave girar na fechadura, corri ao seu encontro no corredor do apartamento... Ela, contudo, ignorou-me, atirando-se na direção da própria mãe:

– Mãe, que saudade!

Nesse dia tive a certeza. Ninguém, jamais, superaria esse amor. Nem meu pai, por quem ela sempre se disse apaixonada.

Foi dentro desse contexto que, sabendo de suas condições de saúde, ela me fez jurar, um dia, que jamais colocaria a mãe dela num asilo. Jurei e cumpri a promessa. Cuidei da avó até sua partida, quase centenária, completamente lúcida e com pressão 12 por 8. Paguei tudo o que devia com juros e correção monetária. Eu dizia:

– Agora, você que é o meu bebê: me obedeça.

Ela apenas sorria... Engraçado que tanto a mãe quanto a avó mudaram a cor dos olhos antes de partir: repentinamente, eles ficaram azuis.

trinta e nove

Perto do colégio das freiras, havia um colégio de padres que só aceitava meninos. Na hora da saída, eles vinham em peso flertar conosco... Um dia, meus olhos bateram com uns olhos negros que fizeram meu coração adolescente acelerar de tanta emoção!

Ele se chamava Dirceu e era filho único. Mesmo se descesse uma "anja" do céu, a mãe dele não a acharia digna de se casar com o filho dela.

Quando a gente estava no maior bate-papo ao telefone, de repente, ele dizia:

– Preciso desligar porque a minha mãe chegou.

Um dia, liguei, ela atendeu. Foi grosseira, quis saber quem eu era. Disse que era uma amiga. Ela replicou que o filho tinha apenas amigos, pois estudava num colégio só de garotos.

Ainda tentei domar a fera, mas ela desligou na minha cara. Quando ele ligou novamente, eu disse que sentia muito, mas não dava mais.

Adeus, Dirceu dos olhos de estrelas. Não sou aquela Marília, do tempo da Inconfidência Mineira, que ficou debruçada na janela, esperando o amor da sua vida voltar do degredo na África. Lá, ele se casou e teve um monte de filhos. Ela morreu solteira.

O que será que foi feito do *meu* Dirceu?

Amores impossíveis, aliás, eram recorrentes em minha família... Será que existe um gene para isso?

Começou lá na Itália, quando a bisavó se apaixonou por um músico pobre. A família foi contra, ela acabou casando com outro e emigraram para o Brasil. Deu no que deu.

O segundo amor impossível foi o da avó. Adolescente, ela se apaixonou pelo vizinho, um rapaz maravilhoso, tanto em beleza quanto em educação. Ele ia estudar Medicina no Rio de Janeiro e pediu que o esperasse. Ela jurou que sim.

No mês seguinte, a família dela mudou para outra cidade, onde o padrasto teria mais condições de ganhar a vida como alfaiate. Não sabendo nem onde iria morar, ela não deixou endereço. Naquela época telefone era coisa rara.

Soube mais tarde que, quando o rapaz voltou das férias, ficou desesperado, tentou em vão localizá-la. Ela também chorou por um longo tempo...

Certo dia, quando ela tinha 15 anos, a mãe entrou em seu quarto trazendo um lindo vestido de veludo vermelho:

– Apronte-se bem bonita que hoje você vai conhecer o seu noivo – disse, sem mais explicações.

Aturdida, ela não teve escolha: colocou o vestido e se apresentou na sala, onde já a esperavam um jovem desconhecido, dez anos mais velho, e um casal, seus futuros sogros.

Um mês depois, ela entrava na igreja com outro lindo vestido branco de rendas. Tanta era sua inocência que, após a festa de casamento, disse ao marido:

– Gostei de tudo, agora vou dormir na minha casa, na minha cama.

Chegaram a completar bodas de ouro.

quarenta

O outro amor impossível foi o do tio-avô, único filho sobrevivente de vovô Gordo. A vida toda ele foi apaixonado pela Flora, morena sestrosa, de longos cabelos negros e corpo cheio de curvas. Infelizmente para ambos, ela não era considerada a pessoa ideal para casar com ele. Indiferentes ao preconceito da época, mantiveram o relacionamento em segredo por longos anos...

A bisavó detestava Flora. Tanto que colocou no gato malhado, que dormia sobre o borralho do fogão a lenha, o nome de Florito, pura provocação, que o filho, sabiamente, fingia ignorar.

Esse tio era alto, loiro e forte como o pai, e tinha hábitos estranhos: fome e sede aparentemente insaciáveis, além de viver no banheiro. Mal sabiam que era diabético, coisa que veio a descobrir muito depois, com sequelas avançadas da doença.

Após a morte do pai, finalmente, ele pôde assumir o seu amor. Ele e Flora casaram no civil e no religioso, no templo protestante da cidade, religião a que ela se convertera e que a obrigava agora a andar sempre de mangas compridas e vestidos sóbrios, bem diferente dos de outrora. Só manteve os longos cabelos...

Vovô Gordo pagou um alto preço por sua obstinação: não teve netos biológicos e seu nome cheio de consoantes acabou. Preconceito é um tipo de obsessão: talvez por isso a palavra tenha tantas letras repetidas...

quarenta e um

O caso de meu tio, irmão de mamãe, foi o mais dramático da família. Ele, quando jovem, apaixonou-se perdidamente por uma garota da sua idade, colega de escola.

O drama do tio foi que o pai da garota tinha um ciúme mortal da filha. Espalhou pela cidade que, se o rapaz continuasse o relacionamento, já poderia se considerar morto.

A avó entrou em parafuso, chorava dia e noite. Fez o filho prometer que desmancharia o namoro. Pressionado pelo desespero materno, ele rompeu o relacionamento.

Então, foi ele quem entrou em parafuso. Jogado na cama, não queria mais ir à escola, fez até greve de fome.

Bem ou mal, sobreviveu. Foi para a capital, arrumou emprego por lá e acabou casando, anos depois, com uma linda moça, sua vizinha.

A jovem, lá no interior, arrumou um namorado mais corajoso, ou imprudente, que resolveu enfrentar a fera: triste decisão. Foi encontrado ferido a tiros, num descampado, mas por sorte sobreviveu.

O pai da jovem, réu confesso, foi condenado por tentativa de homicídio. A filha só conseguiu casar depois que o pai morreu na cadeia.

Um dia, anos depois e por acaso, o tio e a antiga namorada se encontraram quando ela foi visitar minha bisavó, que sempre a quisera muito bem. Eu presenciei a cena.

Nunca vou esquecer o olhar que trocaram...

Paixão mal resolvida é coisa séria!

quarenta e dois

Meu bairro abrigava as colônias italiana e japonesa, num convívio de códigos não escritos, mas respeitados. Nenhum membro de uma das colônias namorava ou casava com um da outra. Da parte dos japoneses, havia ainda uma tradição: o filho mais velho deveria cuidar dos velhos pais. Acho que havia, subentendido, um preconceito de parte a parte, porque nunca vi um casamento misto.

Certa vez, eu e minha irmã tivemos uma grave crise de bronquite. A penicilina começava a ser usada no Brasil, depois que sua eficácia fora comprovada em tratar os feridos da Segunda Guerra Mundial, principalmente pelos americanos. O farmacêutico diluía o antibiótico num líquido para depois ser injetado.

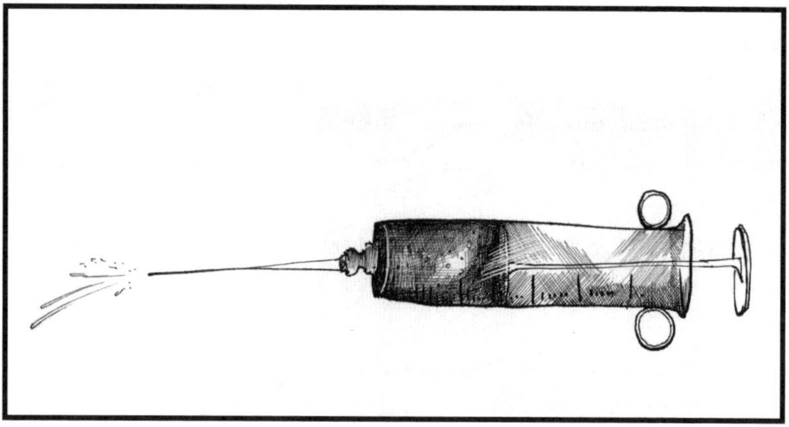

O problema é que essa injeção precisava ser dada de três em três horas, dia e noite. Papai contratou o farmacêutico nissei que era o gerente da farmácia do bairro para dormir em casa. Ficaram tão amigos que, quando o rapaz casou, fomos convidados para a festa. Foi a primeira vez que comi comida japonesa e doce de feijão. Eram sabores estranhos, mas, como sempre fui curiosa, gostei muito.

No colégio, eu tinha muitas colegas nisseis, de sorriso fácil e muita dedicação aos estudos, pois os pais cobravam muito o desempenho escolar. Uma delas, a Fumityan, diminutivo carinhoso de Fumiko, era filha do dono do cinema japonês do bairro. Então, às vezes, suas melhores amigas ganhavam entradas gratuitas. Eu era uma frequentadora assídua de tais filmes, geralmente sagas históricas, com muita ação e dramaticidade.

Além das moradias, no bairro também havia muitas lojas de comércio: açougue, padaria, peixaria, salões de cabeleireiros, lojas de artigos japoneses importados, como bonecas lindamente vestidas em seus quimonos coloridos, porcelanas delicadíssimas tipo "casca de ovo", sem falar das lojas de música. Meus ouvidos ficavam afinados com aquelas vozes quase estridentes das cantoras japonesas, ao som de instrumentos musicais inusitados.

Curioso era ver as mulheres japonesas andando um passo atrás dos maridos, como se eles fossem príncipes reais... Na minha opinião, esse costume ancestral era puro machismo.

Apesar de que, em matéria de machismo, os italianos não ficavam atrás. Na família italiana, o *papà* dava sempre a última palavra. Salvo exceções, haja vista minha família de abelhas-rainhas.

Na frente de casa morava um casal de italianos que faziam macarrão caseiro muito apreciado. Eu ia lá com papai, que, filho também de italiano, adorava macarrão. O que eu achava inusitado era o fato de os velhinhos pendurarem as tiras de macarrão fresco para secar ao sol, no varal de roupas.

Um dia, muito xereta, eu perguntei:

– Vocês não usam esse varal para pendurar roupas também, usam?

Meu pai me sapecou um beliscão antes que o velhinho respondesse, numa mistura de idiomas:

– Claro que *no*, *bambina*! Que te *piensa*, eh!

Outra figura do bairro era o sapateiro, que ficava numa loja sem janela; em meio àquele mar de sapatos, as mãos cheias de graxa, ele mais parecia um urso em sua caverna.

No bairro morava um cara magro e tão alto que o povo apelidou de Bengala. Era chamado para trocar lâmpadas, telhas, acertar antenas de televisão, resgatar gatos em árvores, limpar vidraças e tudo o que se imagine que dependa de altura.

Nós, crianças, por respeito, o chamávamos de "seu Bengala". Ele colecionava revistas usadas, os famosos gibis. A gente acumulava, vendia para ele, e ia correndo comprar as novas... O que ele fazia com tanta revista velha, ninguém sabia.

Outro personagem interessante era o tapeceiro que enchia a boca de tachinhas quando ia consertar algum sofá. Eu ficava abismada cada vez que ele cuspia uma tachinha... Era um mistério como o homem não engasgava com tudo aquilo ao engolir a própria saliva.

Tinha o velhinho amolador de facas que passava com o carrinho, enquanto gritava: "*Ammollatore... Ammollatore...*". E o vendedor de bananas com o costumeiro bordão: "Banana pintadinha! Banana pintadinha!".

Meu bairro era um mundo vibrante de gente de vários tipos e idades, de cheiros e sons diferentes. Ninguém tinha carro, os táxis eram raros, e todo mundo andava a pé. Os vizinhos não apenas se conheciam como eram amigos, os homens cumprimentavam as mulheres tirando o chapéu, não se trancava porta de casa, e eu brincava na rua com os garotos da vizinhança até onze horas da noite. Daí mamãe abria a janela e berrava lá do alto:

– Vem dormir, menina, que amanhã tem aula!

quarenta e três

O xodó de mamãe era o piano inglês comprado com grande sacrifício, a prestações... Ela quisera ser pianista, mas por vários motivos tivera de começar a trabalhar muito cedo. Como tivera algumas aulas, tocava várias músicas, algumas até de ouvido. Às vezes, os pais que não realizaram seus sonhos resolvem que os filhos devem realizá-los por eles. Aí a coisa complica, porque cada pessoa é diferente da outra e tem um sonho todo seu.

Foi o caso de mamãe, que cismou porque cismou que eu devia ser também pianista. Para isso, contratou uma professora de piano, filha de holandeses, dona Guilhermina: ela chegava toda imponente, de *tailleur* de mangas compridas, colar e brinco de pérolas, perfumada, como se fosse entrar numa reunião com uma das rainhas holandesas da qual, aliás, herdara o nome.

Colocava sobre o piano uma maquininha que marcava o compasso e dizia:

– Ajuste o banquinho, menina... Agora, porte ereto, cabeça erguida, braços esticados sobre o teclado...

O que dona Guilhermina ignorava, na primeira aula, era o suor das minhas mãos quando eu ficava nervosa... Não deu outra: logo as teclas de marfim ficaram embaçadas, depois molhadas, e daí viraram uma pista de gelo onde meus dedos escorregavam como patinadores inexperientes...

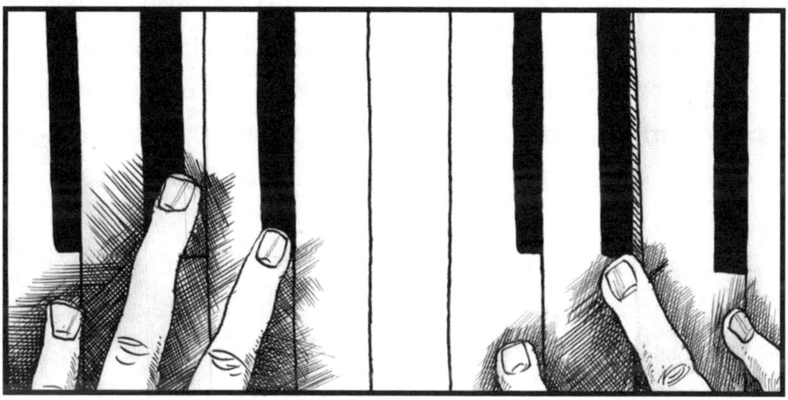

Dona Guilhermina, impassível, pegou uma flanela e enxugou as teclas, enquanto eu me encolhia de vergonha... E por aí foi. Eu suava, ela enxugava; não falava nada, mas às vezes dava um suspiro tão profundo que eu podia até ler seus pensamentos: "Essa menina vai me levar à loucura!".

O pior foi quando ela cismou de promover uma audição num teatro com todas as alunas. Na hora da apresentação, eu tive um ataque de pânico: travei, gelei, meu coração disparou... Fui literalmente despejada no palco, como vítima levada ao sacrifício. Catatônica ao lado do piano, enquanto a plateia esperava, ouvi a voz de dona Guilhermina, lá da coxia, dando uma ordem seca:

– Toque!

Estraçalhei a *Für Elise*. Beethoven deve ter se revirado na tumba. O olhar de dona Guilhermina, depois da apresentação, foi gélido.

Não há de ver que os caminhões de gás elegeram, entre milhares de músicas, justamente a *Für Elise* para tocar por todas as ruas da cidade? Tem dias em que eu até acordo ouvindo a bendita música.

Só pode ser praga da dona Guilhermina.

Tive outras santas professoras e aprendi a tocar piano na marra. Isso me facilitou muito as aulas de Canto Orfeônico do colégio, porque eu era uma das poucas alunas que sabiam ler partituras.

Até que um dia, na casa de uma colega de colégio, tive uma paixão à primeira vista. Voltei tão deslumbrada para casa e tanto atormentei a minha mãe, que no dia seguinte saímos para comprar um violão.

Tive vários violões, mas aquele primeiro era "a joia da coroa".

Do primeiro amor e do primeiro instrumento musical a gente nunca esquece.

quarenta e quatro

Consegui me livrar finalmente do odiado piano e começar a ter aulas de violão. A professora se chamava Gláucia, era loira, meio gordinha, de olhos azuis e rosto de boneca. O oposto de dona

Guilhermina, ela era extrovertida, falante e muito jovem. Quando ela deu uma audição com seus alunos tocando em conjunto no palco, eu me senti uma princesa. Nem suei nas mãos.

Quando ela fez 21 anos, os pais da Gláucia, que era filha única e muito mimada, resolveram dar uma grande festa de aniversário. Convidaram todos os parentes e alunos...

Um dos convidados era o noivo de uma prima, um rapaz moreno e bonito. A certa altura, por delicadeza, ele tirou a Gláucia para dançar. Estava tocando o maior bolero...

Aí aconteceu o inesperado: começaram dançando assim meio acanhados... Minutos depois, foram se achegando, achegando e acabaram de rosto colado... A música acabou, começou outra, e eles só dançando e dançando... Eu não tirava os olhos daquele par.

Os pais da Gláucia não sabiam onde pôr a cara, a noiva esquecida se pôs a chorar no banheiro da casa. Todo mundo foi embora e eles continuavam abraçados...

Casaram seis meses depois, apaixonadíssimos, para vibração da plateia, digo, dos alunos. Se fosse um conto de fadas, eles seriam felizes para sempre...

quarenta e cinco

Era um tempo de grandes bailes em salões... Todo mundo ia vestido a rigor: as garotas, de vestidos longos; os garotos, de *smoking*. Como as adolescentes não saíam sozinhas, os pais precisavam acompanhá-las. Sobrava para a coitada da minha mãe, que ficava horas plantada na mesa enquanto eu me esbaldava. Entrava e saía com a orquestra que tocava ao vivo; tinha até maestro.

Na ocasião do meu primeiro baile, havia vários problemas: primeiro, meu cabelo era tão liso que não segurava fita nem grampo. A moda, então, era cabelo crespo. A solução era fácil: fazer um permanente, o que me deu os cobiçados cachos.

O problema maior é que eu ainda não tinha peito. Era uma tábua rasa. Minha santa mãe descolou uma modista japonesa ali do bairro. Quando ela experimentou em mim o vestido branco de tule, com enchimento no busto, acreditei em milagre: de gata borralheira, eu tinha virado uma princesa!

O terceiro problema é que eu era míope. Não iria ao baile usando óculos nem sob tortura. De cachos, vestido com enchimento e sem óculos, adentrei o salão, confiante.

Logo mais, um garoto lindo que parecia um príncipe veio em minha direção... Afobada, levantei e fui ao seu encontro.

Começamos a dançar, a música era maravilhosa e, ainda por cima, havia o costume de os rapazes usarem um lenço dobrado na palma da mão esquerda, para não suarem na mão da parceira.

Deus existia, aquilo era perfeito!

Mas, a certa altura, ele comentou:

– Nossa, como você é atirada, não?

Distraída, respondi:

– Como assim?

Ele riu:

– Eu estava indo tirar pra dançar uma garota minha conhecida. Você praticamente se atirou nos meus braços. Sabe que até gostei?

quarenta e seis

Na minha classe havia garotas de todos os tipos e temperamentos.

Mirtes, por exemplo, sempre faltava às aulas, três dias durante o mês. A pobre sofria de uma TPM tão violenta, que a deixava de cama, se rolando de cólicas. Voltava meio amarela, com grandes olheiras... Aliás, se alguma aluna era pega desprevenida "naqueles dias", recorria à irmã Clarita. Se não encontrasse a irmã, recorria a mim, cuja carteira, de tampo levadiço, abrigava uma verdadeira farmácia.

O pai da Milena era bombeiro. A gente o considerava um herói, porque saía naqueles carros maravilhosos e vermelhos, para apagar incêndios e salvar pessoas... Ainda por cima tinha o rosto todo descamado, supostamente queimaduras em ação. Depois descobrimos que ele sofria de vitiligo; a doença é que ocasionava aquelas manchas na pele.

Ana Lúcia era filha de um funcionário de firma americana da qual recebera uma casa já montada. Foi lá que, pela primeira vez na vida, eu vi máquina de lavar roupa, de secar, e o mais espantoso ainda: máquina de passar roupa. Parecia coisa de cinema.

Neide estudava balé clássico. Era uma garota muito branquinha, quase desbotada, com os cabelos sempre presos em rabos de cavalo. Ela mais flutuava que andava. Ao contrário, Mercedes era tão alta e atarracada que seus passos ressoavam no assoalho de madeira... Era a mais velha da turma, porque sempre repetente. Tinha um ar meio conformado de quem conhecia de sobra classes e carteiras...

Usávamos um uniforme de casimira, azul até o fim do ginásio, cor de tijolo no colegial: consistia numa saia presa a um tipo de colete sem mangas. Por baixo do colete, uma blusa de algodão de mangas compridas, com laço no pescoço. O uniforme era feito sob medida pelas costureiras do próprio colégio. Na época de festividades ou desfiles, a gente também usava luvas, e chapéu da cor do uniforme.

Os sapatos eram de pelica preta. O uniforme de Educação Física, porém, era uma desgraça: um calção bufante, que ia até abaixo dos joelhos e nos dava a aparência de pequenos balões. Tinha até moleque que subia nos muros do colégio para rir de nós enquanto fazíamos ginástica no pátio... Pura humilhação.

Maquiagem nem pensar. As garotas a usavam no final de semana. Domingo à noite era a hora de tirar o esmalte das unhas. A gente falava, escrevia e rezava em francês. Naquela época, a França era o nosso modelo em todos os sentidos: aprendíamos a comer e a vestir "à francesa", e a fazer as camas também. Algumas mães até sugeriam aos filhos namorar garotas de colégio de freiras, que, supostamente, seriam as melhores esposas, porque muito "prendadas". Pura ilusão.

As freiras, por sua vez, sugeriam, para as alunas do colegial que já estivessem namorando a sério ou fossem noivas, o livro de um escritor francês, médico e pai de muitos filhos. Além de explicar sucintamente a sexualidade humana, ele ainda recomendava, entre outras coisas, que "as esposas dedicadas deveriam colocar sobre a cama a roupa lavada e passada que o marido usaria no seu banho semanal".

Nessa parte, a gente rolava de rir... Banho *semanal*? Isso podia ser na França, doutor... Mas, no calor dos trópicos? Sai de perto!

quarenta e sete

A colega, contudo, que mais me marcou foi Harumi, cujo nome em japonês significa "beleza da primavera", uma garota deficiente visual. Igual a Raquel, ela era uma pessoa tranquila, pois seu problema também era congênito, já nascera assim.

Harumi era filha de agricultores do interior do Estado. Como era excelente aluna, veio para a capital para fazer o curso clássico. Morava num educandário dirigido por freiras que cuidavam de jovens deficientes.

Uma das freiras, inclusive, acompanhava Harumi todos os dias ao colégio. Além de passar para a escrita *Braille* todos os livros didáticos, a freira também anotava as aulas. Nas provas, dava-se o inverso: Harumi escrevia em *Braille* e a freira traduzia. Isso demandava naturalmente uma honestidade tremenda.

Valia a pena todo o trabalho, porque Harumi era uma aluna brilhante. Só apresentava alguma dificuldade em Matemática. Sempre que podia, eu me predispunha a ajudá-la.

Certo dia, a freira deixou Harumi no colégio, mas não pôde ficar. Pediu que alguma colega a levasse até o ponto do bonde. A encarregada foi a Neusa. Na última hora, ela pediu que eu a substituísse, porque tinha um compromisso urgente, o que fiz com prazer. Nutria profunda admiração por aquela garota que, num esforço extraordinário, conseguia ser uma das melhores da classe.

Por incrível que pareça, assim que subiu no bonde, Harumi, ante minha preocupação, garantiu que sabia o ponto em que deveria descer, bem em frente ao local onde morava. Para ajudá-la, contava com muito mais que a pequena bengala branca: seus outros sentidos incrivelmente aguçados.

Tempos depois, encontrando uma colega na rua, ela me disse:

– Lembra da Neusa?

Claro que eu lembrava. A colega continuou:

– Você nem imagina o que aconteceu com ela. Foi atravessar a rua e acabou atropelada por um bonde.

Não tive coragem de perguntar o desfecho da história, porque um calafrio correu pelo meu corpo. Coincidência mais estranha.

quarenta e oito

No curso primário, só havia professoras leigas. No ginásio, havia professores. O de Matemática era o professor Calvino: casado, evidentemente, por questão de segurança, era magrinho e baixo, feio de doer, mas um ás na matéria. Eu não conseguia entender a bendita trigonometria.

Certo dia, desesperada, me tranquei no quarto e avisei a família: só saio daqui depois de conseguir entender esse troço. Coloquei uma lousa na parede e fiquei quebrando a cabeça. Só saía para ir ao banheiro.

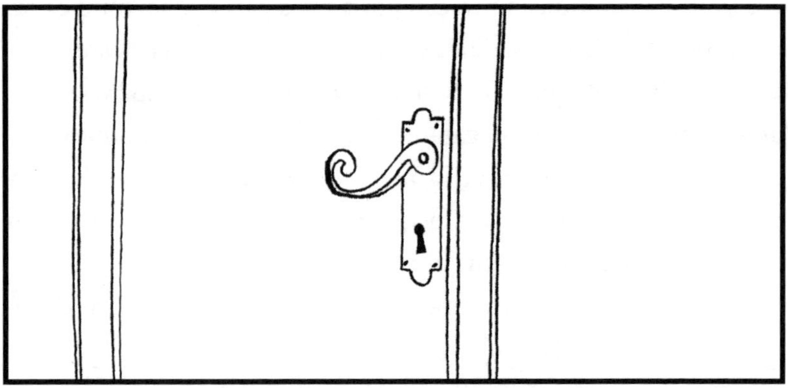

No fim do dia, morta de fome, eis que, como um *Big Bang*, fez-se a luz! Entendi, por Deus, entendi aqueles senos e cossenos miseráveis! Saí cantando pelo corredor e fui comer o maior bife da minha vida.

O professor de Latim era gordinho, careca e exigente. Também tínhamos aula de Filologia, o que facilitava muito o entendimento da grafia das palavras em português. Determinados autores antigos que escreviam em latim eram fáceis de traduzir, moleza. Outros, terríveis! Isso porque, em latim, as palavras são como verbos, todas declináveis...

De vez em quando, preferindo ler meus livros favoritos a passar duas horas para conseguir traduzir uma frase, chegando ao colégio, eu pedia para uma colega a tradução. Ela dava de má vontade.

O professor, que se chamava Élcio, logo me pedia para dar o sujeito, o verbo e o objeto direto da tal frase. Eu "matava" na hora, enquanto recebia um olhar de raiva da colega, que, por sua vez, se sentia traída no seu esforço de traduzir a bendita frase.

Era safadeza da minha parte, admito, mas por que então ela simplesmente não me negava? Pelo visto, toda santinha tem seu dia de manipuladora...

Havia a professora de Física, o de Química, o de Desenho, o de Filosofia, um tipo estranho que parecia ter vindo de outro planeta... A preferida de todas as alunas era a professora de História e Geografia, a dona Marinalva: sempre sorridente, parecendo adorar o que fazia. Com ela, viajávamos pelo tempo e espaço...

Grande dona Marinalva! Devo a ela a minha paixão por História...

quarenta e nove

Tínhamos também aulas de Inglês. A professora, *Miss* Sofia, era uma mulher de meia-idade, viúva, alta e loira, sempre de cabelo preso num coque, que vivia com a mãe idosa e o filho único. A gente sempre achou que ela fosse inglesa, por causa do sotaque britânico, mas depois descobrimos que, na realidade, ela era italiana.

Miss Sofia era dona de uma voz tonitruante em sala de aula. Mandou fazer umas apostilas com dezenas de verbos em inglês, nos tempos infinito, presente e passado. E exigia que todos fossem decorados e sem reclamação, porque caíam nas provas.

Novamente, lá ia eu sentar com a Lea no pátio do colégio. Ela me repetia, como se fosse um gravador, os benditos tempos verbais que, até hoje, ficaram marcados a ferro e fogo em minha mente – não saem nem sob tortura.

Daí, talvez por influência de *Miss* Sofia, aconteceu novamente: me apaixonei pelo idioma inglês. E, assim como fiz com o violão, atormentei minha mãe até que ela me matriculasse em uma tradicional escola de inglês.

Cursei vários anos... Quando estava a ponto de iniciar a conversação, num ímpeto de juventude, larguei o curso. Conservei o sotaque britânico e jamais errei um tempo verbal.

Uma vez, conversando, ou tentando conversar com uma senhora romena que estropiava o inglês tanto quanto eu, a certa altura ela me perguntou, curiosa:

– Desculpe, mas que idioma você está falando?

Pelo visto, o inglês não era a minha praia. O francês é como o português: ordem direta: sujeito, predicado, objeto direto, tudo alinhado, bonitinho, como uma cantiga de roda... Aquela história de o inglês colocar o pronome no final da frase sempre me deu um nó na cabeça: *Where are you from?* – vá traduzir isso ao pé da letra!

Mesmo não tendo de escrever todos aqueles acentos que o francês usa — agudos, graves e circunflexos — para quem pensou a vida toda em ordem direta, não dá. Como diria o poeta: "Tem uma pedra no meio do caminho...".

Coleção Jabuti Vida

Editora Saraiva

O Tigre na Caverna

Giselda Laporta Nicolelis

Apreciando a Leitura

Bate-papo inicial

A história começa com um acontecimento muito marcante na vida da narradora: a morte de seu pai, quando ela tinha 13 anos. "Coitada, ela não tem pai" foi o que ouviu de uma das colegas da escola, que cochichava com outras meninas. Magoada, sentindo-se discriminada, ela chorou, mas nesse dia começou a se recriar, foi preciso amadurecer.

Os eventos narrados falam de sua vida, da sua família. Fatos de um passado cheio de lembranças felizes e outras nem tanto, mas que são parte da sua história, da história de sua família, que ela, agora avó, deseja compartilhar com sua neta para que as lembranças não se percam em fotos amareladas pelo tempo. Afinal, "Cada família é uma história pronta para ser contada. [...] E é importante para os jovens resgatar um tempo que eles não viveram...".

Analisando o texto

1. De que se trata a história que você acabou de ler?

R.: ____

____

2. Narrador é quem conta a história, narra os fatos, descreve o ambiente e os personagens. Das opções abaixo, qual delas melhor define o narrador de *O tigre na caverna*?

( ) Narrador-personagem – Em primeira pessoa, que relata os fatos de acordo com o seu ponto de vista.

( ) Narrador-observador – Em terceira pessoa, que não participa da ação e só conta os fatos, não revelando o que as personagens pensam e sentem.

( ) Narrador-onisciente – Em terceira pessoa, que não participa da ação, mas revela o que as personagens pensam e sentem.

3. Como você descreveria a personagem que narra a história?

R.: ____

____

____

____

4. O que era o grupo das "quatro mosqueteiras párias"?

R.: ____

____

____

____

5. A frase "Era uma época de muitos preconceitos" inicia o capítulo sete. De que tipo de preconceito esse capítulo trata? Que outras formas de preconceito aparecem na história?

R.: ____

____

____

____

____

6. Por que o pai da personagem teria dito “Filha minha não vai depender de marido; filha minha vai ter profissão que a sustente e a torne independente”?

R.:

7. Próximo do fim, a personagem nos conta uma história do folclore coreano, que trata de um tigre numa caverna. Essa metáfora dá nome à obra. Por quê?

R.:

muito depois, com sequelas avançadas da doença." (p. 61)

Você já deve ter ouvido que a diabetes é uma doença silenciosa, uma vez que a pessoa geralmente descobre que sofre desse mal quando seu organismo já apresenta complicações de saúde decorrentes do seu avanço.

Reúna-se com outros colegas, peça a colaboração do professor de Ciências e pesquisem sobre o diabetes: causas, sinais e sintomas, os diferentes tipos, complicações decorrentes, formas de tratamento etc. Se houver algum conhecido ou familiar que tenha a doença, verifique a possibilidade de ele vir conversar com a turma, juntamente com um profissional de saúde, abrindo espaço para dúvidas e esclarecimentos. Para reunir as informações, vocês podem elaborar uma cartilha explicativa ou apresentar os resultados das pesquisas no mural da escola.

Para qualquer comunicação sobre a obra, escreva:
Editora Saraiva
Editorial Paradidático e de Interesse Geral
R. Henrique Schaumann, 270
05413-909 São Paulo - SP
***e-mail:* paradidatico@editorasaraiva.com.br**

Escola: ____________________

Nome: ____________________

Ano: ____________ Número: ____________

16. Na história, a personagem fala do contato que teve com a comunidade japonesa, também imigrante como sua família. Em 2008 comemoraram-se os 100 anos da chegada do navio Kasato Maru ao porto de Santos, trazendo a primeira leva de imigrantes japoneses. Em fins do século XX, muitos descendentes desses imigrantes, os *dekasseguis*, como são chamados, fizeram "a viagem de volta", indo trabalhar no Japão como mão de obra operária. Agora ocorre o contrário: o Japão está mandando os *dekasseguis* de volta ao país de onde vieram. Como viveram os imigrantes e como vivem os *dekasseguis*? Para responder a essa pergunta, faça uma pesquisa sobre a imigração japonesa e o chamado "fenômeno *dekassegui*".

■ Redigindo

17. Febre tifoide, sarampo, meningite, poliomielite são algumas doenças citadas na história. No tempo em que a personagem era garota e ainda antes disso, essas doenças eram temidas, muitas delas fatais. E você, o que sabe a respeito dessas doenças? Reúna-se com alguns colegas e juntos façam uma pesquisa sobre o assunto. Vocês podem se dividir em quatro grupos, cada qual responsável por coletar dados sobre uma doença. Organizem as informações em um folheto explicativo, apresentando os dados para a turma, por exemplo: forma de contágio, sintomas, sequelas, prevenção etc.

18. No capítulo cinquenta e nove, a narradora conta que seu avô admirava um cronista que escrevia no jornal. No entanto, a decepção do avô foi grande quando conheceu o ídolo pessoalmente. Discuta com seus colegas sobre esse encontro: por que o autor agiu daquela forma, o que o avô sentiu, se o encontro afetou a admiração que ele sentia pelo cronista etc. Em seguida, escreva uma crônica a respeito desse assunto.

■ Trabalho interdisciplinar

19. "Esse tio era alto, loiro e forte como o pai, e tinha hábitos estranhos: fome e sede aparentemente insaciáveis, além de viver no banheiro. Mal sabiam que era diabético, coisa que veio a descobrir

Linguagem

8. Leia os trechos a seguir, extraídos da obra, e procure no dicionário o significado das palavras destacadas. Em seguida, reescreva os trechos com suas palavras, mantendo o sentido.

a) "Lia **sofregamente**, procurando as passagens mais "quentes" ou picantes".

R.:____

b) "[...] ser mãe solteira naquela época correspondia ao **degredo** em África ou às **galés**, como no tempo colonial."

R.:____

c) "[...] eram **lobistas** genuínas e manipuladoras"

R.:____

d) "[...] morena **sestrosa**, de longos cabelos negros e corpo cheio de curvas.

R.:____

e) "*Miss* Sofia era dona de uma voz **tonitruante** em sala de aula"

R.:____

f) "Não os convido porque minha comida é muito **frugal**".

R.:____

____

g) "Às vezes, na vida, a gente se depara com coisas **insólitas**."

R.:____

____

____

9. Explique o termo destacado: "[...] meu sossego foi para o ralo, por um único motivo: minha avó era uma **abelha-rainha**." (p. 24) "Minha família, do lado materno, sempre foi um matriarcado: **abelha-rainha** é o que não faltava." (p. 25)

R.: ____

____

____

____

____

____

Refletindo

10. "[...] com as filhas, contudo, [era] um excelente pai, o que elas pediam, ele dava. Quando completou dezoito anos, Marilda ganhou um carro. Coisa espantosa para aqueles tempos, em que carros eram raros e todos importados". (p. 17)
Reflita sobre essa frase e dê sua opinião a respeito do que você considera "um excelente pai".

11. Preconceito quer dizer: conceito ou opinião formados antecipadamente, sem maior ponderação ou conhecimento dos fatos; suspeita, intolerância ou aversão a outras raças, credos, religiões etc.
Com base nessa definição, reflita e discuta com seus colegas a seguinte afirmação:

"Fazer piadas preconceituosas (racistas, sexistas, homofóbicas etc.) e/ou rir delas é um reforço aos preconceitos".

12. Leia o trecho a seguir, extraído da obra.

"— Filha minha não chega chorando em casa [porque apanhou]; vá lá e bata.

Fui lá e dei a maior sova no moleque. Desde esse dia, nunca mais ninguém mexeu comigo." (p. 21)

Na sua opinião, é correto reagir dessa forma, ou seja, se for agredido, reagir com a mesma agressão?

13. "Ninguém tinha carro, os táxis eram raros, e todo mundo andava a pé. Os vizinhos não apenas se conheciam como eram amigos, os homens cumprimentavam as mulheres tirando o chapéu, não se trancava porta de casa, e eu brincava na rua com os garotos da vizinhança até onze horas da noite." (p. 66)

Esse trecho da obra retrata a realidade vivida pela personagem, num passado não tão distante assim. De lá para cá, muita coisa mudou. Que mudanças você considera positivas e negativas?

Pesquisando

14. Em determinado trecho da história, a avó conta que, por ter nascido prematura, não tinha forças para sugar o leite materno. Para alimentá-la, a família recorreu à Cruz Vermelha, que fornecia leite tirado de mães doadoras. Faça uma pesquisa sobre a Cruz Vermelha e conheça o trabalho dessa importante entidade.

15. "Como eu invejava aqueles seios! Os meus eram apenas arremedos, cresciam lentamente, se é que cresciam. Se o gênio da lâmpada me concedesse um único desejo, eu pediria seios de verdade, redondos como os da estátua de Vênus."

Aqui, há uma referência à Vênus de Milos, uma famosa estátua grega que representa a deusa grega Afrodite, chamada Vênus pelos romanos. Pesquise em livros, enciclopédias, dicionários de mitologia e na internet informações sobre essa personagem da mitologia greco-romana.

Mas, como eu sempre vivi no bairro japonês, muitas palavras eu aprendi nesse idioma tão sonoro quanto difícil: *arigatô, konitiwá, combawá, irashaimasê, natsu, umi*, isto é, "obrigado", "bom dia", "boa noite", "bem-vindo", "verão" e "mar", respectivamente.

A minha palavra preferida, porém, é: *ai*, que significa "amor". Que palavra, em qualquer idioma, melhor definiria o que é o amor?

cinquenta

Havia uma colega, desde o primário, chamada Letícia. Ela deveria fazer jus ao nome, que significa "alegria", mas era o oposto: tinha um ar triste, meio assustado.

O pai dela era dentista e tinha casa e consultório ao lado do prédio onde eu morava. De vez em quando, passando por lá, eu ouvia uns gritos... No bairro, o apelido dele era "doutor cavalo". Para mim, ele parecia mais um grande urso, pelo seu porte abrutalhado.

Um dia, a Letícia me convidou para sua festa de aniversário. Eu nem queria ir, mas mamãe achou que, sendo ela colega e vizinha, não podíamos recusar o convite.

No meio da festa, inadvertidamente, eu quebrei um copo. O homem foi de criança em criança, de dedo em riste, perguntando com aquela voz cavernosa:

– Quem quebrou o copo, quem quebrou o copo?

Apavorada, antes que chegasse a minha vez de responder ao interrogatório, escapuli pela porta aberta... Cheguei em casa tão esbaforida que precisei tomar água com açúcar.

Eu tinha um dentista maravilhoso, flor de pessoa, com paciência infinita, principalmente com crianças. Só de me imaginar sentada na cadeira do "outro", já me dava calafrios.

Acho que é por isso que a Letícia tinha aquela cara triste. Ser filha do "doutor cavalo" não devia ser fácil.

Meu pai era um filho de italianos meio bravo, mas muito carinhoso com as filhas. Chegando tarde da noite, ele ia nos beijar enquanto dormíamos. Às vezes, eu acordava sentindo o roçar de sua barba na pele fina do meu rosto. Em outras ocasiões, ele dava dentadinhas em nossos queixos, como os tigres fazem com as crias...

Eu era um filhote feliz e nem sabia.

cinquenta e um

Tive vários bichos de estimação, mas, para minha tristeza, sempre alguma coisa dava errada. Começou com o cachorrinho Pipoca que, como já contei, sumiu, ou, mais provavelmente, sumiram com ele.

Um dia, ganhamos um filhote de pato. Pelo menos era o que parecia ser, por isso recebeu o nome de Pato. Ele foi instalado no terraço dos fundos do apartamento. Só que era um pato no mínimo esquisito: detestava água. Quando colocado no tanque, Pato ficava desvairado, agitava tanto as asas que parecia estar a ponto de se afogar ou morrer de susto!

Outra característica dele era correr atrás dos estranhos, o que tornava a situação muito desagradável, porque as visitas se assustavam com aquela "coisa" de asas abertas vindo na direção delas, feito um tanque de guerra. Pior quando eram mulheres de pernas de fora e algumas até com varizes...

Certo dia, um parente do interior, vindo de visita, deu com Pato quando ele avançou em sua direção. Boquiaberto, indagou:

– O que vocês estão fazendo com este aqui em casa? Eu tenho um monte deles lá no sítio, são melhores do que qualquer cão de guarda: se algum estranho chega, assim como eu, eles não apenas dão sinal como atacam...

Esclarecido o mistério: Pato não era pato, muito menos um cisne; era ganso.

Outro presente foi um papagaio obsessivo: detestava gente careca. A vítima da vez era o pobre avô. Era só chegar perto da gaiola que o papagaio despencava de lá, asas abertas, furioso, e toca a dar bicadas dolorosas... O pobre avô, para entrar na cozinha, tinha de colocar chapéu.

Só fomos descobrir também o mistério quando quem deu o cavalo de Troia contou que o irmão, dono original do papagaio, costumava maldosamente dar petelecos no bicho... Na ocasião, passara no vestibular e estava de cabelo raspado.

Outro animal de estimação foi a Gina, gata vira-lata, que apareceu não sei de onde e foi ficando... De vez em quando sumia, voltava prenhe e paria dentro do roupeiro do banheiro, a "maternidade" eleita por ela. Eu adorava sentar em frente e ficar observando-a parir os gatinhos, dar uma faxina no local e depois lamber o pelo deles. Só então permitia que os filhotes começassem a mamar...

Eu achava aquilo a coisa mais linda do mundo! A família nem tanto porque, depois de amamentar por alguns dias os filhotes famintos, a Gina, muito malandra, sumia no mundo e deixava os gatinhos por nossa conta, até voltar prenhe novamente... Era engraçado improvisar mamadeiras, com vidros vazios de remédios, para alimentar aquelas criaturas que miavam alto, esfomeadas...

Até que um dia a Gina sumiu de vez e me deixou órfã das aulas práticas de Biologia. Grande Gina.

cinquenta e dois

Quando morava no interior, meu avô, além da casa na cidade, tinha um pequeno sítio. Certa vez, um caçador clandestino matou uma corça que acabara de parir o seu filhote. Este ficou largado para morrer.

Condoído, o avô levou o filhote de cervo para casa. Minha avó se apaixonou pelo animalzinho e o criou à base de leite de vaca, dado numa mamadeira improvisada. Logo cedo, ele batia a cabeça na porta da cozinha, pedindo a mamadeira. Por esse motivo, recebeu o nome de Toque-Toque.

O pequeno cervo achava que a mãe dele era a minha avó. Quando esta ia lavar roupa no tanque, pendurá-la no varal, lá ia ele atrás dela. Se precisasse sair, tinha de trancar a porta da rua, senão ele a seguiria pela calçada...

A avó adorava aquele animalzinho, de grandes olhos castanhos que olhavam para ela com devoção. Mas Toque-Toque era muito xereta, gostava de comer as plantas da vizinha através da cerca viva que limitava as duas propriedades.

Um dia, Toque-Toque não apareceu na porta da cozinha. Preocupada, a avó foi procurá-lo. Encontrou-o debaixo de uma touceira de bambu, gemendo, agoniado, em meio a uma poça de sangue...

Desesperada, porque na cidade não havia veterinário, ela correu em busca do farmacêutico, grande amigo da família. Ele se predispôs a ir dar uma olhada na situação. Ao chegar, balançou a cabeça, desconsolado:

– Sinto muito, mas não há nada a fazer. O pobre animal foi envenenado.

Toque-Toque não durou mais que algumas horas, deixando minha avó desconsolada. Só restou dele uma foto amarelada pelo tempo: na porta da cozinha, orelhas em riste, à espera da mamadeira matinal.

Nunca pude entender como uma pessoa pode ser capaz de tamanha crueldade!

cinquenta e três

Com o cachorro da raça paulistinha fox, vovó deu mais sorte. Seu nome era Maru, tirado de um dos navios japoneses que ancoravam no porto de Santos. Curiosamente, todos os navios japoneses tinham, como segundo nome, a palavra *maru*. *Maru*, ou *maruí*, em japonês, significa "redondo", mas pode, eventualmente, ter também o sentido de "nave", que, poeticamente, quer dizer "navio".

Maru era um cachorrinho branco com manchas pretas, e muito bem-educado, apesar de ter um latido estridente que afastava até fantasmas...

Certa noite, a avó acordou com um barulho de asas no quarto: na semiescuridão, deu com um enorme morcego voando ao redor da cama... Louca de pavor, ela arrebanhou todas as cobertas, enrolando-se como múmia egípcia, o que, por sua vez, fez o pobre avô desenrolar-se e cair direto no chão.

Acordado de supetão, o avô logo se deu conta do imbróglio. Berrou pelo Maru que dormia no tapete:

– Pega, pega!

Lépido e certeiro como cestinha do basquete enterrando a bola, Maru apanhou e trucidou o morcego.

Só então a avó, abrindo uma fresta no seu lençol de múmia, ousou espiar a situação. Maru, de nome de navio, também virou herói!

Mas, no rol dos animais de estimação que passaram pela família, merece um lugar todo especial o Pintagol, mestiço de canário-do-reino e pintassilgo, que o tio, criador de canários, conseguiu após dezenas de tentativas infrutíferas.

Jamais na vida escutei um canto similar ao daquela obra-prima da natureza: a minúscula garganta, que vibrava como cristal desde o nascer do sol, emitia um som inigualável!

Um dia, frágil criatura, despencou do poleiro e caiu no chão da gaiola. Todo mundo chorou.

cinquenta e quatro

Nas minhas memórias mais antigas, a bisavó era uma mulher alta e forte, ainda rija para a idade. Quando eu nasci, ela tinha pouco mais de sessenta anos e trabalhava com o marido na joalheria. À noite, quando a loja fechava, era ela quem fazia a contabilidade da firma. Nas férias, eu a ajudava. Meu pai era contador, e eu tinha grande familiaridade com os números...

Certa tarde de Carnaval, ia a bisavó andando pela calçada quando um folião, alcoolizado, veio correndo e trombou com ela, derrubando-a de costas. Sem prestar auxílio, ele fugiu, protegido pela fantasia...

Com fratura na espinha, a bisavó foi obrigada a usar um pesado colete. Até que, não suportando mais, abandonou aquela coisa estranha – que, aos meus olhos de criança, parecia uma armadura medieval – encostada num canto do quarto, assombrando meu sono. Parecia que, de dentro dela, de repente, sairiam duendes ou fantasmas...

Minha bisavó não seguia a indicação médica, então, aos poucos, sua espinha foi vergando, vergando, como um galho de árvore... A bisavó foi ficando baixinha, como se tivesse sido dobrada em dois. Mesmo assim, continuava um moto-contínuo, sempre atarefada, cuidando da loja e da casa.

Para ajudar a bisavó, apenas a velha empregada, Felícia, que já perdera a conta dos anos que trabalhava ali. Felícia gostava de contar que o marido dela era cigano, com o qual ela tivera apenas um filho. O marido caíra no mundo; o filho era casado e lhe dera netos, mas morava em outra cidade. Ela também gostava de narrar terríveis histórias de bruxas e assombrações que eu ouvia, olhos arregalados...

De vez em quando, a bisavó censurava:

– Não ponha minhoca na cabeça dessa menina!

Mas eu adorava sentir medo!

cinquenta e cinco

Minha família morou por muitos anos na cidade do interior considerada "boca de sertão": passagem obrigatória, em tempos antigos, dos bandeirantes, antes de se embrenharem nas matas, em busca de índios e pedras preciosas.

De vez em quando, segundo contava o avô, por sinal um grande contador de causos, a cidade também era invadida por bandoleiros que faziam um tipo de "arrastão"...

Por esse motivo, como não havia bancos, as pessoas escondiam seus bens mais preciosos em barras de cortinas ou debaixo dos colchões. Outras, ainda mais previdentes, enterravam patacões (como eram chamadas então as moedas de ouro) em botijas, um tipo de vaso de cerâmica, sob as árvores do quintal...

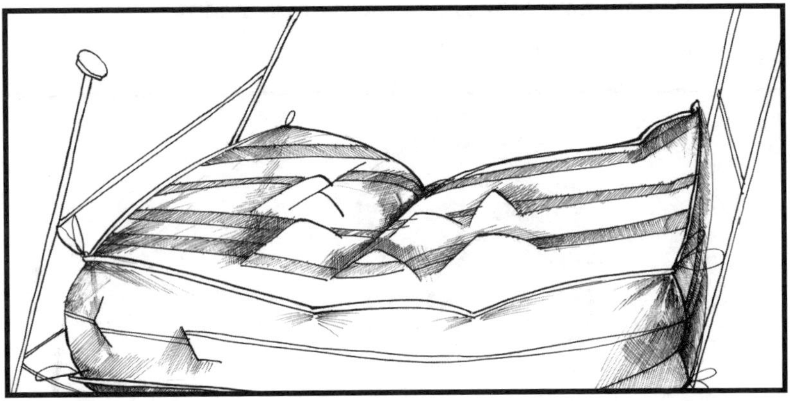

Muitas vezes, as pessoas morriam de repente, e não dava tempo de contar para os parentes onde escondera as tais botijas. Eu só ficava imaginando quanto tesouro ainda haveria por lá...

Certo dia, um sujeito alugou uma velha casa, quase em ruínas. Os herdeiros fizeram um aluguel camarada, com a promessa de o inquilino fazer uma reforma no imóvel. O homem tinha família numerosa e pagava esse aluguel com sacrifício, mas concordou em fazer o possível.

A esposa tinha pavor de bichos peçonhentos, tal qual aranhas e cobras. Para tranquilizá-la, ele começou a tal reforma pelo quintal, que estava em condições deploráveis, coberto pelo matagal...

Tempos depois, o inquilino fez uma proposta razoável pela casa. Os proprietários, que estavam precisando de dinheiro, aceitaram felizes a venda do imóvel.

O homem reformou a casa que era grande e transformou-a na melhor da cidade. A família passou a usar roupas compradas na capital. Ele arrumou os dentes. Montou um negócio próprio que prosperou. Não sei se nessa ordem, mas em Matemática a gente aprende que a "ordem dos fatores não altera o produto".

Mas, por sim ou por não, com a pulga atrás da orelha, como dizia o avô, dali por diante as casas em ruínas da cidade, principalmente as que possuíam alamedas de velhos arbustos, começaram a valorizar... Para a alegria dos proprietários, porque melhor um pássaro na mão que dois voando...

Nunca se cavou tanto para alegria também do dono do armazém, que vendia pás e carrinhos de mão para levar a terra...

Que se saiba nada foi encontrado. Ficou o mistério.

cinquenta e seis

Um dia, a avó, abelha-rainha, achou que já era hora de mudar o local da colmeia. Convenceu o marido e a família a irem viver na capital. Precursora do que mais tarde se tornaria habitual, colocou uma tabuleta na frente da casa com os dizeres: "Família de mudança vende".

Enquanto os demais batalhavam por um emprego na nova cidade, a avó punha etiqueta e preço em todos os objetos – vendeu tudo. Com o dinheiro apurado, comprou móveis novos para o sobrado que alugaram perto de uma das mais famosas avenidas da capital.

Era o sonho realizado.

Tempos depois, a filha do casal foi a um grande baile onde conheceu um rapaz. Apaixonados, casaram um ano depois. Deveriam ter sido felizes para sempre...

Quando meu pai morreu, precocemente, eu descobri que o *sempre* só existe nos contos de fadas.

Quando eu ficava muito angustiada com isso, ia para a capela do colégio, no intervalo das aulas – lá eu ficava pensando na vida...

O sol refletia-se nos vitrais coloridos e, pelas janelas abertas, andorinhas transviadas dançavam um balé frenético até conseguirem encontrar a saída...

De vez em quando uma freira entrava para rezar. Seus passos não faziam barulho, apenas o leve farfalhar de suas vestes indicava-lhe a presença.

Eu me sentia tão bem, tão feliz, naquela capela! Era como se ela fosse um útero: acolhedor, quente, silencioso.

Mas as portas continuavam abertas... Eu poderia sair no instante em que quisesse...

Minha alma era como um cavalo selvagem que, a qualquer momento, podia disparar pelas colinas, crinas soltas ao vento...

cinquenta e sete

Certo dia, mamãe resolveu que a gente ia viajar para fora do Estado. Ela tinha um jeito interessante de sublimar os sonhos não realizados: não pôde ser pianista, comprou um piano no qual tocava suas músicas favoritas. Não conseguiu cursar faculdade, virou uma historiadora amadora, com ampla biblioteca sobre seus temas favoritos.

Nosso destino era o Rio de Janeiro, então uma cidade supertranquila, assim como São Paulo.

Fomos de ônibus e nos hospedamos num hotel na Candelária. Logo no dia seguinte, mamãe reuniu a pequena tropa para irmos a um convento muito antigo, também no centro da cidade...

Ao chegar, ela bateu com a aldrava de ferro na porta, pois não havia campainha.

Atendeu um frade de longas barbas brancas que perguntou o que a gente desejava.

– Viemos "visitar" dona Leopoldina – disse mamãe.

O frade arregalou os olhos:

– Quem são vocês e como sabem que *ela* "está" aqui?

Mamãe sorriu:

– Somos de São Paulo e tenho certeza de que *ela* "está" aqui.

O frade continuava atônito:

– Mas sabe, como? A senhora é historiadora, por acaso?

A essa palavra, os olhos de mamãe brilharam:

– Não, mas li nos meus livros.

Ele ficou em silêncio por alguns segundos, depois falou:

– Um instante, que vou consultar meu superior. Aguardem aqui.

Voltou logo mais com uma chave do tamanho do seu antebraço.

– Queiram entrar, por favor, e em silêncio.

Descemos uma escadaria em caracol que parecia ir em direção a uma catacumba... Eu estava arrepiada de tanta curiosidade. Minha irmã se agarrava em mim.

Lá embaixo, ele girou a chave na fechadura de um aposento. A porta rangeu porque não era aberta havia muito tempo...

Entramos. Dentro da sala havia um enorme esquife, rodeado de vários caixões menores. O frade então falou:

– Aqui repousa dona Leopoldina, primeira imperatriz do Brasil e primeira esposa de D. Pedro I. – E continuou: – o esquife é muito grande porque os nobres não eram enterrados, mas seus corpos colocados em caixões tríplices, que eram depois trazidos para igrejas como esta. Os caixões menores são dos filhos da imperatriz, que morreram quando ainda eram crianças...

Ficamos alguns instantes em respeitoso silêncio. Até que mamãe não se conteve:

– Esta é a mãe do imperador D. Pedro II, para quem Vovô Gordo disse que cozinhou a bordo do navio, lembram, meninas?

– Vovô Gordo? – estranhou o frade.

– Meu bisavô torto – disse minha irmã, toda sorridente.

– Bisavô torto? – O frade não entendia mais nada.

– O bisavô por afinidade – explicou minha avó. – É uma história muito interessante. O senhor gostaria de ouvir?

Providencialmente, um sino tocou ao longe. O frade disse:

– Desculpem, mas está na hora das minhas orações. Queiram me acompanhar, por favor.

Ao fechar a pesada porta do convento, ele parecia aliviado.

Acho que ele jamais esqueceu aquela visita.

cinquenta e oito

A segunda parada da tropa foi na Quinta da Boa Vista, onde viveu grande parte da família real ao chegar ao Brasil. E onde cresceu o futuro imperador, o menino Pedro. Lá ele também morou com dona Leopoldina, assim que ela chegou da Áustria para casar com ele.

Mamãe ia lendo as etiquetas abaixo dos retratos nas paredes e nos contando a história de cada um: com que idade viera ao Brasil, com quem casara, os filhos que tivera etc.

Uma moça se aproximou:

– Com licença, a senhora é a nova guia do museu? Não a estou reconhecendo...

Novamente os olhos de mamãe brilharam. Para ela, ser confundida com historiadora ou mesmo guia de museu era o maior dos elogios.

– Sou apenas uma visitante – esclareceu.

A moça pareceu surpresa:

– Parabéns! Pelo que ouvi, a senhora conhece mais História do Brasil que muita gente que trabalha aqui.

Visitamos vários lugares históricos. Daí, mamãe decidiu que iríamos à cidade de Petrópolis conhecer outro museu, que, antigamente, era o palácio de verão de D. Pedro II.

A cidade, localizada na serra fluminense, era acolhedora. Para visitar o museu, a gente teve de calçar pantufas para não riscar as tábuas do chão – essas brilhavam como novas, justamente porque os visitantes as lustravam enquanto percorriam os amplos corredores...

O museu era bonito e nos fartamos de ver joias, vestimentas, móveis, louças... Até a coroa do imperador, o cetro e o manto, com uma gola exótica feita de penas de papo de tucano, objetos que ele usava nas cerimônias importantes da corte.

Depois ainda fomos à catedral da cidade, onde estavam enterrados, sob duas grandes estátuas de mármore, D. Pedro II e dona Teresa Cristina, a terceira imperatriz do Brasil, o casal de velhinhos que tanto apreciara a comida de Vovô Gordo. Quem devia ter vindo a Petrópolis, e calçado pantufas, era o nosso bisavô torto, como dizia minha irmã.

Anos depois dessa visita ao Rio de Janeiro, mamãe me convidou para a inauguração do Panteão da Independência, em frente ao Museu do Ipiranga em São Paulo.

Nele, jazem agora os restos mortais de dona Leopoldina e de seus filhos falecidos crianças, que vieram do convento carioca. De Portugal, depois de muito acerto diplomático, vieram os despojos de D. Pedro I, exceto o coração, que ficou na cidade do Porto. Também de Portugal vieram os restos mortais da segunda esposa de D. Pedro I, dona Amélia.

Mamãe comentou, feliz:

– Finalmente, a família foi reunida.

cinquenta e nove

Quando ainda estávamos no Rio de Janeiro, foi meu avô quem quis realizar um sonho: conhecer um famoso cronista que escrevia no jornal que ele assinava e, diziam, vivia na Ilha de Paquetá. Aquela mesma ilha que servira de inspiração para o famoso livro *A moreninha*, um dos que minha mãe achava adequado para uma donzela ler. Mal ela sabia...

De balsa, lá foi a tropa para Paquetá. Lindo e pacato lugar, onde os visitantes podiam passear em charretes, puxadas por cavalos sonolentos, que davam a volta na ilha...

Pergunta daqui, pergunta dali, afinal, descobrimos que o tal cronista morava sozinho numa chácara dos arredores. Chegando lá, batemos palmas, pois não havia campainha.

Atendeu um senhor idoso, e muito sisudo, rodeado por dois cães enormes, de aparência feroz. O homem perguntou o que a gente queria. Meu avô se apresentou e, ao se certificar de que o outro era o jornalista, disse que era um leitor fiel e que aguardava o jornal toda manhã com ansiedade para ler suas belas crônicas. Estando a passeio, no Rio de Janeiro, com a família, fizera questão de vir cumprimentá-lo.

O homem arriscou um sorriso que mais parecia uma careta. Ao seu lado, os cachorros rosnavam... Então, ele disse:

– Agradeço a visita, mas estou com o almoço na mesa. Não os convido porque minha comida é muito frugal.

– "Fugal" é comida de lata? – perguntou minha irmã, xereta.

Ele nem respondeu e foi fechando a porta na nossa cara.

Desapontado, meu avô comentou:

– Engraçado, eu fazia uma ideia tão diferente dele. Nas crônicas, ele me parecia uma pessoa tão sensível!

sessenta

As férias sempre apresentavam novidades. Às vezes, até aventuras inesperadas.

Certa vez, eu estava na fazenda de um tio e saí a passeio, toda vestida de vermelho. Uma vaca que pastava virou a cabeça: primeiro me olhou, depois começou a escavar o chão. Em seguida, partiu para cima de mim, enquanto alguém gritava:

– Corra que a vaca é brava!

Corri feito uma desesperada, enquanto a vaca galopava no meu encalço, mugindo alto. Quanto mais eu corria, mais furiosa ela ficava, porque, descobri depois, o vermelho da minha roupa era a causa da sua fúria. Eu podia quase sentir o bafo quente do animal nas minhas costas...

No desespero da corrida, cheguei à beira de um valão, de não sei quantos metros de largura e profundidade. Nem vacilei: saltei. Por sorte, fui cair do outro lado, enquanto a vaca estacava, aturdida com a fuga inesperada.

Olhei para ela, fiz uma banana com os braços e gritei:

– Conheceu, papuda?

E a avó ainda cismou de fazer cozido de tatu para o almoço, que ela garantia ser uma delícia. Ela perguntou para o funcionário que caçara o pobre animal:

– Tem certeza de que não é tatu vermelho de cemitério?

Nem morta eu ia comer aquele tatu.

sessenta e um

Nas férias na cidadezinha do interior também aconteciam coisas inesperadas. Lá, eu gostava de sair ao léu com uma prima da minha idade. A gente saía, livre e solta, enquanto vespas e abelhas voavam sobre nossas cabeças, enlouquecidas pelo sol quente...

Nosso lugar favorito era a avenida das mangueiras, que de avenida não tinha nada, pois o chão era de terra vermelha. Nela, havia dezenas de mangueiras cujas frutas maduras despencavam no chão e faziam a alegria da criançada. Alguns moleques, mais afoitos, subiam nas árvores para comer manga verde com sal.

Uma vez, a gente brincava na avenida das mangueiras, quando alguém gritou: – Estouro de boiada!

As boiadas, tocadas pelos boiadeiros, entravam na cidade justamente pela tal avenida. Quando estouravam, era um perigo: dezenas, centenas de bois disparando enlouquecidos e levando de arrastão tudo o que encontrassem pela frente...

Não é à toa que os mais velhos recomendavam que a gente evitasse a tal avenida – conselho, aliás, que ninguém seguia.

A única chance de sobrevivência era o cemitério, que ficava logo ali e permanecia o dia todo de portões abertos...

Apavoradas com o barulho do estouro e a imensa poeira vermelha que já se levantava como nuvem agourenta, corremos para o cemitério. Forçando a portinhola de uma imensa capela ou tumba, onde eram enterrados os falecidos de uma rica família local, lá ficamos, tremendo de medo: da boiada e dos defuntos...

Só saímos, escoradas uma na outra, quando a poeira baixou...

A bisavó, aos nos ver chegar, ainda abaladas pelo evento, comentou, dando risada:

– Não tenham medo dos mortos, meninas, tenham medo é dos vivos.

sessenta e dois

Mas as férias mais espetaculares foram aquelas em que o genro de uma vizinha, jornalista de uma revista de circulação nacional, chegou à cidade em companhia de dois jovens índios de uma nação do Xingu.

As pessoas até podiam conhecer, eventualmente, índios aculturados que apareciam ou viviam por ali, vestidos como os ditos civilizados. Agora, índio praticamente nu, só de calção emprestado pelo jornalista, de corpo todo pintado de urucum, botoque no lábio inferior e até cocar... Jamais, em tempo algum.

Foi a maior sensação da cidade...

Aliás, o próprio jornalista já era uma figura curiosa com sua roupa do tipo safári, o chapelão de couro e a pele queimada de sol – Indiana Jones tupiniquim para ninguém botar defeito.

Ele ficou desfilando com os jovens índios por uma semana na cidade...

De toda parte acorria gente para vê-los... Posaram para fotos, eram cercados por bandos de crianças que tocavam na pele dos índios para ver se a tinta saía.

A bisavó ficou curiosa:

– O que será que a vizinha faz para alimentar os hóspedes? Índio gosta de peixe, e peixe é raridade aqui na cidade. Índio gosta de tomar banho de rio, e o rio passa longe...

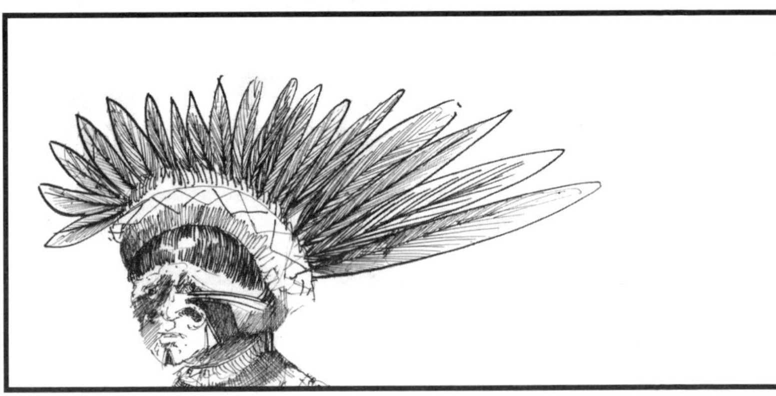

Felícia, com sua vasta experiência de vida, respondeu:

– Ora, índio também come mandioca; e mandioca é o que não falta por aqui. Se quiser tomar banho, enche uma tina de água e pronto.

E o bisavô completou, pragmático:

– Quem não tem cão caça com gato.

Depois de uma semana, o jornalista e os companheiros foram embora... Alguns comentavam que o jornalista era doido: eu o achei magnífico! E só fiquei imaginando o que os índios teriam achado de nós... Provavelmente a estranheza foi recíproca.

sessenta e três

Na minha infância, a televisão ainda não chegara ao país. A gente fazia um tipo de sarau em família: minha mãe tocava piano, eu e minha irmã cantávamos, minha avó recitava.

Também fazíamos teatro: eu escrevia o roteiro e o resto da família representava. Lençóis velhos viravam mantos de reis e rainhas; rodelas de papelão, enfeitadas de purpurinas, eram as coroas. O cetro do rei era um vaso dourado e tão fino que apenas comportava uma flor, então não tinha muita utilidade.

A televisão chegou finalmente em grande estilo, em 1950. Para a inauguração do primeiro canal, foi organizada uma grande festa: artistas famosos foram convidados, entre eles, um frei mexicano chamado Jose de Guadalupe Mojica, que vivia num convento, na cidade de Cuzco, no Peru.

Ao saber que o frei viria ao Brasil, meus avós ficaram em polvorosa. Bons motivos tinham, pois a vida de Jose Mojica era ela própria uma novela de TV: filho de mãe solteira e expulsa pelo pai de casa quando este a soube grávida, o garoto Jose se transformou num dos maiores tenores de sua época. Dono de bela aparência e voz extraordinária, ele se apresentou nos maiores teatros do mundo ao lado de sopranos de fama internacional. Também se tornou famoso como astro de Hollywood; seus filmes eram assistidos pelos meus avós, na cidadezinha "boca de sertão" onde então viviam.

Após a morte da mãe, Jose Mojica resolveu ser frade. Fechando os olhos, ele colocou o dedo em um ponto do mapa-múndi: Cuzco. Tomou um avião e foi para a cidade andina. Disse ao prior que doaria para o convento toda a sua fortuna, cujo montante ele mal sabia quanto era. O frade foi categórico:

– De jeito nenhum! Iriam pensar que o estamos recebendo por interesse. Volte ao mundo e doe tudo o que tem.

Jose voltou e fez o que lhe foi pedido. Ficou sem um único centavo. Precisou emprestar dinheiro de seu antigo agente para pagar a passagem de avião. Só assim, pobre como o último dos pobres, foi aceito no convento. E agora cantava, quando convidado, para angariar fundos para fins beneficentes.

Lá foi a família assistir à *performance* de frei Jose Mojica. A multidão quedou, em silêncio, quando o homem alto e moreno, de cabelos crespos grisalhos em torno da tonsura e hábito de frade franciscano, soltou a ainda bela voz de tenor... Depois, aplaudiu, emocionada. Meus avós voltaram para casa em êxtase.

No início, por não poder comprar um aparelho de TV, devido ao preço caro, transformamo-nos em televizinhos, coisa muito comum na época. Quando, finalmente, mamãe comprou nossa primeira TV, foi um acontecimento! Meu avô, ligando seu aparelho de surdez, também recém-comprado, ainda pediu:

– Não fale alto, menina, que você me dá estática...

sessenta e quatro

Antes do advento da TV, todo mundo ouvia rádio. Eram famosas as novelas transmitidas, desde as nove horas da manhã, por uma emissora local. Os radioatores eram adorados pela população. Os rádios estavam em toda parte: na sala, no quarto, no banheiro, na cozinha, ao lado do tanque de lavar roupas...

Eu adorava aquelas novelas... Quando estava de férias, e ainda na capital, eu ficava, na companhia da funcionária de casa, grudada no rádio. Havia um ator, de voz extraordinária que parecia de cristal, que todos supunham ser um verdadeiro galã de Hollywood. Sem revistas de fofocas, cada ouvinte imaginava o rapaz da forma mais atraente possível. Eu, inclusive, era uma de suas fãs mais ardorosas.

Escrevi uma carta cheia de elogios endereçada ao galã, pedindo uma foto. Ele mandou, com uma dedicatória gentil. Céus, que decepção! Foi quando compreendi que, felizmente, a natureza é mesmo compensatória. Assim como o dia em que entrei na clausura das freiras, como me arrependi de ter escrito aquela carta – nos contos de fadas, o sapo virava príncipe: no meu caso, foi o contrário.

Havia também, todas as tardes, numa das emissoras, um programa comandado por uma atriz que usava o pseudônimo de "Madame D'Anjou". Ela respondia cartas geralmente de mulheres, de todas as idades, com problemas amorosos...

Certa vez, uma das funcionárias de casa, estando desconfiada de que o namorado não tinha lá "boas intenções" com ela, pediu que eu escrevesse, em seu nome, uma carta para o programa.

Carta escrita, selada e posta no correio, grudamos no rádio, à espera da resposta que logo veio. Madame D'Anjou elogiava a carta por ser muito bem-escrita; depois dava um conselho à missivista.

Dançamos abraçadas, na cozinha, eu e a funcionária: ela, por agora ter certeza de que o namorado não passava de um "sedutor de donzelas"; eu, pela Madame ter elogiado a carta. Final perfeito.

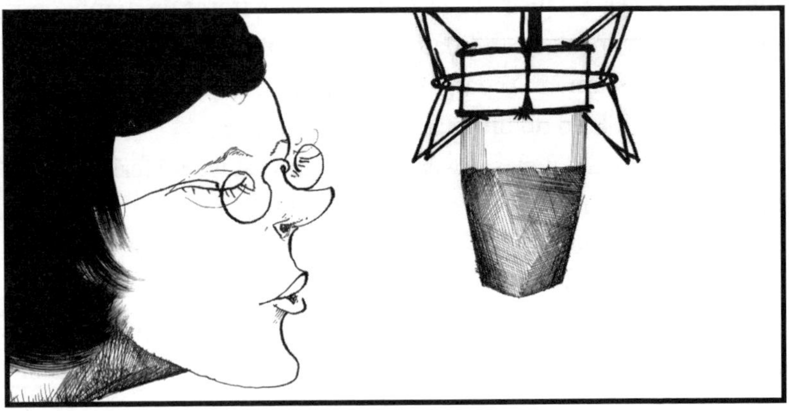

sessenta e cinco

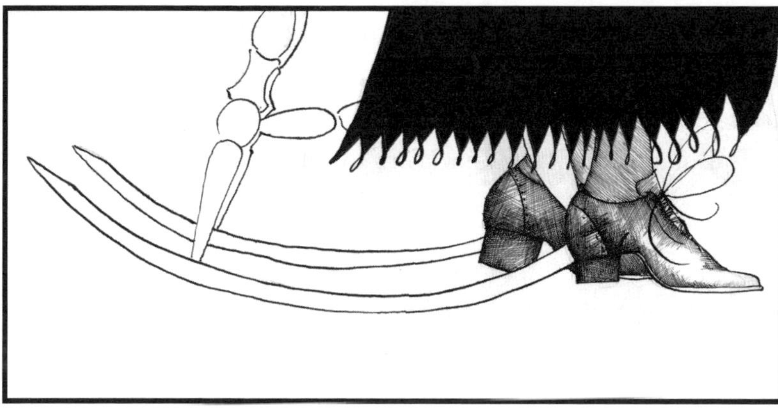

Quando a bisavó chegou aos oitenta anos, a catarata nos dois olhos piorou consideravelmente. Ela, acostumada a trabalhar, fazer o livro contábil da loja, ficou inconformada. A filha então sugeriu que ela fosse operada na capital.

Que tarde feliz aquela em que o táxi parou na porta do prédio e dele desceram a bisavó e o filho vindos de trem do interior. Ela se instalou no meu quarto.

Durante o dia, fazia os exames necessários. À noite, ficávamos horas conversando, ela contando toda a sua vida de criança e adolescente, lá na Itália, dos seus pais e avós, do irmão. Se antes já éramos unidas, ficamos ainda mais.

Ela precisava tomar um medicamento para que o sangue tivesse uma coagulação adequada durante a operação. Triste decisão. Certo dia, as veias da bisavó não aguentaram: implodiram.

Chamado às pressas, o médico, aquele que era a paixão da minha professora Aline, mandou vir sangue para seguidas transfusões. Não adiantou: à medida que o sangue entrava, ele saía...

Os familiares se reuniram em volta da cama onde a bisavó, muito pálida, agonizava. Desesperada, desci correndo as escadas e acabei no meio da rua, seguida pela minha irmã. Uma vizinha, compadecida, nos levou para sua casa. Dormimos na sua cama.

Logo de manhã, ela me acordou para fazer uma pergunta – eu era a única que sabia os nomes dos pais da bisavó, necessários para colocar no atestado de óbito.

Então entendi que aquela era a minha segunda perda.

sessenta e seis

Vovô Gordo era um homem forte, verdadeiro gigante. Com mais de oitenta anos, ainda cortava, no fundo do quintal, e a machado, lenha para o velho fogão, onde o gato Florito dormia no borralho...

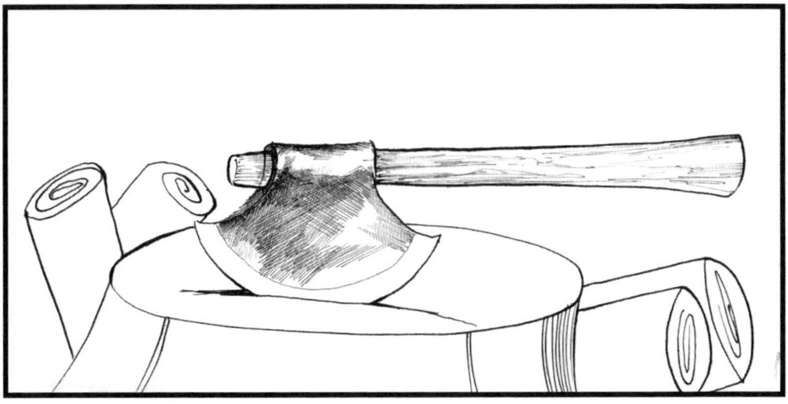

Inconformado com a perda da mulher, ele se foi meses depois... O diagnóstico foi doença. Mas, para mim, a causa foi solidão e tristeza...

Após a morte dos pais, meu tio-avô alugou o casarão para ser a rodoviária da cidade. Casou com a Flora e foi morar em outro lugar. O gato Florito tomou rumo ignorado, em busca de outro borralho.

Felícia, a velha empregada, foi para um asilo. Íamos visitála quando voltávamos esporadicamente à cidade. A hospedagem agora era na casa da minha prima. Mas a cidade tinha perdido a graça.

sessenta e sete

O hoje chamado ensino médio era antigamente o curso colegial dividido em dois: o clássico e o científico. Para o clássico, iam as alunas que queriam fazer "Ciências Humanas", isto é, faculdade de Letras, História, Geografia, Filosofia, Direito, e por aí. Para o científico, iam as que desejavam cursar "Ciências Biológicas ou Exatas", quer dizer, Matemática, Química, Medicina, Biologia, Odontologia, Física, Engenharia etc.

A coordenadora do primeiro colegial era a irmã Luzia. Pequena, magrinha e ágil, tinha um nariz adunco como de um passarinho. Querida irmã Luzia, consoladora dos aflitos!

Quando eu trombava com as abelhas-rainhas da minha família, era a ela que eu recorria, desesperada. Enquanto eu chorava, enxugando as mãos eternamente suadas na saia do uniforme escolar, ela dizia, citando uma frase do santo de sua preferência:

– Saiba sofrer e calar que receberás, não duvides, o socorro do Senhor!

– Mas eu não quero sofrer nem calar, irmã! – eu respondia, revoltada. – Eu quero mais é ser feliz!

– Tenha paciência, minha filha, esse dia vai chegar. Procure se harmonizar com a sua família.

– Tudo bem, irmã, eu vou tentar.

Voltava para casa, toda entusiasmada, com a melhor das disposições de me entender com a mãe, a avó, com o avô, até com a irmã... O problema é que *eles* não pareciam dispostos a se entender comigo.

sessenta e oito

No segundo clássico, a irmã responsável tinha nome de santo: São Francisco de Assis. Às vezes, elas tomavam o nome de santos de sua devoção. Fazendo jus ao nome, a irmã era doce e gentil com as alunas. Alta e magra, parecia ainda mais frágil no hábito negro. Seus dedos eram longos e finos como supostamente deveriam ser os de uma pianista.

O grande problema dessa série era a Geografia. As alunas mais adiantadas já avisavam:

– Deixa chegar no segundo clássico que você vai ver o que é queimar as pestanas...

Quem me salvava novamente era a "enciclopédia ambulante", ou seja, a Lea. A coisa ficou ameaçada, pela metade do ano, quando o pai da Lea adoeceu e ela teve de acompanhá-lo ao trabalho, meio período. Mesmo assim, decidida a continuar merecendo o apelido, ela levava os livros para a firma paterna e decorava tudo. Sorte minha, porque passar as tardes lendo aquele livro de Geografia era insuportável. Ouvindo a Lea, apesar de ser também uma coisa maçante, pelo menos eu podia memorizar apenas o que realmente interessava. E passar as tardes dormindo, eu que era dorminhoca por natureza.

E toca a guardar nomes de países, cidades, rios, mares, montanhas, ilhas, do Brasil, da América do Norte, Sul, Central, da Europa, da África, da Ásia, do mundo inteiro... Eu me perguntava de que me serviria aquilo no futuro? A não ser, obviamente, que eu quisesse ser geógrafa ou guia turístico.

Matemática agora eu tirava de letra. Mas Geografia era dose, como o óleo de fígado de bacalhau, de gosto horrível, e que a avó nos enfiava goela abaixo, todo ano, porque, segundo ela, fazia criança crescer saudável. Só de olhar a estampa do frasco – um homem carregando um enorme peixe nas costas – já me dava engulhos...

Eu olhava para o vidro, no armário da cozinha, e dizia:

– Sai, peste!

sessenta e nove

Outro sonho materno era comprar um imóvel à beira-mar. Assim que foi possível, ela o realizou, adquirindo um pequeno apartamento em Santos. Para lá ia o bando, de ônibus, em todas as oportunidades possíveis.

Sempre adorei o mar. O fluxo/refluxo das ondas me dava uma sensação de imortalidade...

Pessoas nasciam e morriam, acontecimentos precipitavam-se, guerras aconteciam, a vida seguia seu rumo... O mar estava sempre ali, imutável, tranquilo, como se dissesse: "Não se desespere, ainda há esperança!".

A gente ia até o porto ver os navios chegar... Alguns até nos era permitido visitar. Que inveja eu sentia daqueles marinheiros que viajavam pelo mundo... Mais inveja ainda eu tinha dos comandantes daqueles navios. Pensava: se tivesse nascido homem, não teria dúvidas, seria um deles. Mesmo tendo de ficar longe da pátria, da família, dos amigos, ainda assim valeria a pena!

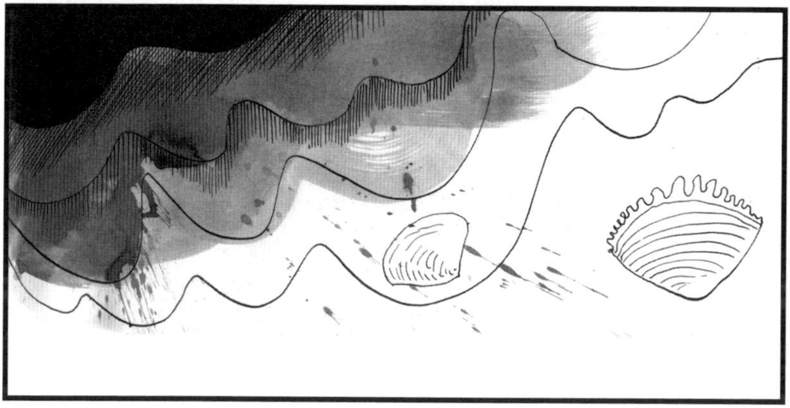

Quantas confissões o mar escutou de mim. Amigo e confidente, ele não me criticava, apenas ouvia. Como bom conselheiro, me fez intuir certas decisões. Na areia branca da praia, semeei muitas lágrimas!

setenta

Quando cheguei ao terceiro clássico, me imaginei no Paraíso. A responsável pela classe era irmã Celina. Todas as alunas almejavam essa oportunidade, porque a irmã era realmente *hors-concours*: sorridente, bonita, com aqueles olhos azuis que pareciam duas estrelas gêmeas.

Que idade teria irmã Celina? A gente se perguntava. Aliás, que idade teriam as outras freiras do colégio? Sempre de touca, os cabelos escondidos... Diziam que, ao se tornarem freiras, na cerimônia em que entravam (supostamente) vestidas de noiva, elas cortavam os cabelos bem rente, como prova de humildade. Outros garantiam que elas raspavam os cabelos...

Então, como a gente não via o cabelo das freiras, só restava imaginar, pela aparência do rosto e do corpo, a idade delas. Porque elas eram gente como a gente, tinham certidão de nascimento e tudo, não tinham?

Irmã Celina aparentava uns trinta anos. A pele era jovem; os passos, ágeis. Os dentes, bem cuidados. Diziam que as freiras só saíam para ir ao médico ou dentista, e sempre em dupla, jamais sozinhas.

Certa vez, irmã Celina resolveu que, numa data especial, daria um espetáculo para os pais. Não sei por quê, talvez por ser considerada a intelectual da classe, fui escolhida para diretora do tal espetáculo.

Cismei de fazer um balé. Convidei a Neide, que era aluna de balé clássico, e escolhi a música "Dança do Fogo", que eu achava o máximo!

Colocado o disco de vinil na vitrola portátil, à beira do palco, dei a primeira ordem como coreógrafa: a Neide devia entrar correndo... Depois se atirar de bruços, na beira do palco, jogando os longos cabelos para cima do rosto, para dar uma conotação dramática.

O tempo passava... Da plateia, via a Neide entrar correndo no palco, jogar os cabelos... E nada mais.

Irmã Celina começou a cobrar meu desempenho. Um dia, apareceu de supetão e, olhando a cena, disparou:

– Não passa *disso*?

Minha carreira como coreógrafa foi curta: pedi demissão sob vaia da classe. Irmã Celina anunciou outra diretora do espetáculo que, prontamente, desencavou uma velha peça muito representada por ali e escalou o elenco.

Diacho. Eu tinha de descobrir que nada é perfeito nesta vida justo com a irmã Celina?! Como dizia meu avô: "Galo que não sabe cantar não sobe em poleiro...".

setenta e um

Às vezes, na vida, a gente se depara com coisas insólitas.

Quando mamãe partiu, eu e minha irmã, por muito tempo, não tivemos coragem de abrir seus armários; parecia que estávamos invadindo a privacidade materna. Quando não houve mais jeito, encaramos a tarefa, meio perturbadas.

A certa altura, depois de descobrir tudo o que as mães guardam de recordações afetivas dos filhos quando crianças e adolescentes, minha irmã disse:

– Sabe a última da mamãe? – Ato contínuo, pegou uma agulha de tricô e começou a cutucar os novelos de lã...

Para minha surpresa, deles foram despencando joias... Colar e brincos de pérola, anéis, pulseiras...

Mais tarde, descendo as escadas, comentei com a avó, que conversava com uma vizinha, na sala:

– Descobrimos o cofre de mamãe; eram os novelos de lã.

Todos rimos. Logo mais minha irmã desceu também, trazendo alguns sacos de lixo para colocar na entrada da vila, onde ficava a lixeira.

Quando já ia embora, surpreendi o marido da vizinha que, em companhia do filho, ambos com agulhas de tricô nas mãos, fuçavam, avidamente, o lixo tirado da casa de mamãe.

Não me contive. Parei o carro, abri a janela e falei:

– Não se deem ao trabalho; o que havia de valor já foi tirado.

A expressão do rosto do vizinho foi simplesmente patética.

Como também diria meu avô: "Quer conhecer alguém de verdade, dê-lhe a oportunidade".

setenta e dois

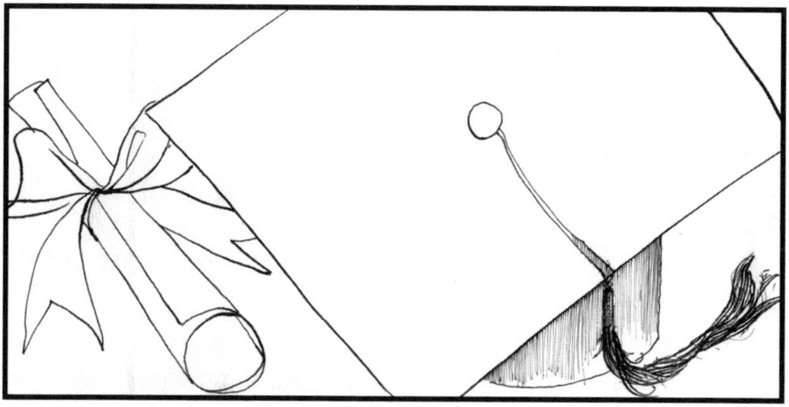

Finalmente chegou o dia da formatura do curso colegial. As alunas, em uniforme de gala, reuniram-se no grande salão de festas do colégio. No palco, na mesa enfeitada de flores, *Ma Mère*, ladeada por duas freiras encarregadas de entregar os diplomas... Na plateia, familiares e amigos e as demais freiras.

Passado o vexame de tentar ser coreógrafa, fui escolhida oradora da turma. No discurso, os agradecimentos costumeiros aos pais, à diretora, às freiras e a outros professores presentes. Abrindo meu coração, fiz a plateia rir e até chorar...

Antes de sair, fui à capela, andei pelos amplos corredores... Visitei as velhas salas de aula, com seus janelões, por onde entrava o cheiro das rosas e jasmineiros em flor...

Quando a boa Mariana, depois de um abraço apertado, fechou a portaria, respirei fundo e segui em frente, sem me atrever a olhar para trás.

setenta e três

o que foi feito das quatro mosqueteiras párias?

Raquel seguiu carreira de desenhista. Com a única mão, ela realizava verdadeiros milagres...

Marley, depois de várias operações, livrou-se do aparelho ortopédico e usou, pela primeira vez, um glorioso par de sapatos. Casou-se e teve um lindo filho.

Da Nídia ninguém sabe, ninguém viu. Sempre torci para que uma alma generosa, ou mais corajosa, lhe mostrasse caminhos para livrá-la de seus problemas odoríficos.

Eu segui garimpando pela vida... Encontrei muito cascalho, mas também pepitas preciosas. Mas consegui realizar a maioria dos meus sonhos adolescentes.

Harumi cursou faculdade e tornou-se uma eficiente fisioterapeuta.

Irmã Celina foi promovida: tornou-se a diretora do colégio. Sorte das alunas que a tiveram como *Ma Mère*.

Outro dia, arrumando antigos livros, um deles caiu no chão, bem na página onde havia um santinho, igual àquele com que a colega tentou me seduzir enquanto eu tomava a tabuada dos nove. Atrás dele, estava escrito, em letra fininha, de freira:

"*À querida e dileta aluna, agradecendo e retribuindo os votos de Feliz Natal, com uma carícia do menino Jesus, de sua professora, Irmã Clarita*".

O que diria a irmã se soubesse que o colégio que nós tanto amávamos, por falta de alunos, já fechou? O velho castelo, pela última vez, ergueu sua ponte levadiça...

setenta e quatro

Certa vez, segundo uma história do folclore coreano, uma jovem foi pedir ajuda para o velho sábio da aldeia; disse que seu marido era um homem insensível que jamais ficava satisfeito com o que ela fazia.

O velho sábio então disse:

– Vá até a caverna do tigre e me traga um fio do seu bigode.

A jovem, assustada, quis saber como faria aquilo; mesmo se conseguisse, de que lhe serviria? O sábio então respondeu que primeiro fizesse o que ele mandara.

Ela seguiu o conselho à risca e voltou, tempos depois, com a tarefa cumprida. Mas, para seu espanto, o velho sábio pegou o fio do bigode do tigre e o jogou no fogo. Então, ele completou:

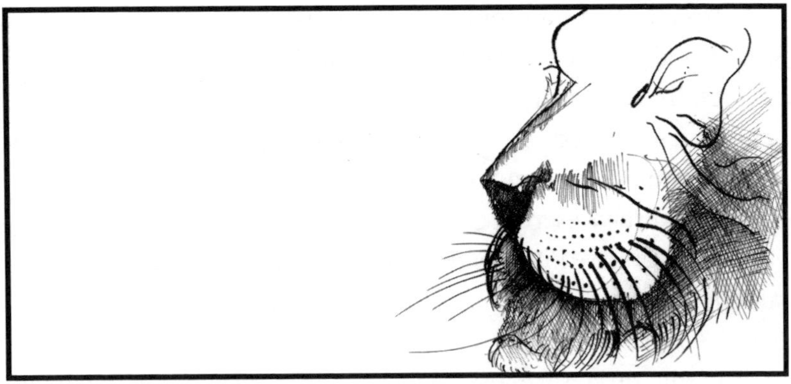

– Agora, volte para casa e aja com seu marido da mesma forma que fez com o tigre.

Essa história sempre me perturbou, porque parecia uma cebola com várias camadas de interpretação: além do sentido aparente – com astúcia e persistência, tudo se consegue –, havia também outros sentidos ocultos nela.

Começava pelo fato de que ursos é que gostam de cavernas, onde até hibernam e procriam. Tigres, pelo que sei, são andarilhos solitários. Perambulam pelas florestas ou margens de rios, em busca de presas que lhe saciem a fome.

O que, diacho, aquele tigre fazia na caverna? Talvez ele estivesse ferido e precisasse de um esconderijo para recuperar as forças. Lá, ele ficaria lambendo as feridas, os grandes olhos felinos brilhando na escuridão... Mas a sua natureza ainda era de tigre: rebelde, indomável. Sem falar que estaria faminto porque não podia caçar...

O estratagema usado pela jovem para conseguir o seu intento foi exatamente levar água e comida para o tigre, por vários dias, conquistando-o aos poucos com seu devotamento... Até que a fera deixou que ela lhe arrancasse um fio do seu bigode.

Mas... Aí é que a coisa pega: *Como o velho sábio da aldeia poderia saber que o tigre estava ferido e provavelmente faminto, na tal caverna, e naquele exato momento*?

epílogo

– Vovó, por que você resolveu escrever a história da nossa família? – perguntou a garota, enquanto folheava um velho álbum de fotografias...

– Eu me inspirei nos índios. Eles costumam narrar para os outros membros da tribo a história dos seus ancestrais – explicou a avó. – Então, tive a ideia de fazer o mesmo, para que nossas lembranças também não se perdessem.

– Legal. Antes de ler a sua história, eu olhava essas fotos, e elas não me diziam nada. Agora, conhecendo a vida de cada uma das pessoas, ficou dez.

– Cada família é uma história pronta para ser contada – completou a avó. – E é importante para os jovens resgatar um tempo que eles não viveram...

– Olhe, aqui, a sua bisavó – a garota apontou para uma foto amarelecida pelo tempo. – Ela é a minha...

– Tetravó ou tataravó. Depois veio a trisavó, a bisavó, a avó, que sou eu, sua mãe, e você. São seis gerações. Faça de conta que somos seis meninas de mãos dadas através dos anos...

– Nossa! Quanta gente, né, vovó?

– E olhe que eu só contei a história do lado materno da família. Porque, veja bem: toda pessoa, além de pai e mãe, ainda tem quatro avós, oito bisavós, dezesseis trisavós e trinta e dois tetravós.

– Será que chega até o tempo das cavernas? – perguntou a garota, curiosa.

– Isso eu não posso garantir – riu a avó.

– Mas o que me deixou assustada – continuou a garota – foi saber que os pais não podiam se separar para os filhos serem aceitos em determinadas escolas. Imagine só se eu tivesse nascido naquele tempo: os meus pais já foram casados antes. E eu tenho dois irmãos por parte de mãe, e mais dois por parte de pai. A gente se dá muito bem.

– Melhor para mim, que ganhei mais dois netos – disse a avó.

– E eu, uma porção de avós, tios e primos. Sabe que chega a ser divertido? Ah, e tem um garoto na minha classe, o Gabriel, que descende de japoneses por parte de pai e de italianos por parte de mãe: ele é lindo, tem os olhos puxados e verdes...

– E você está apaixonada por ele.

– Nossa, vovó, você é terrível! – riu a garota.

– Ora, é só ver o brilho dos seus olhos quando você fala do Gabriel...

– Tá ligada, hein, vovó? E sabe a maior? Ele é filho único, assim como o Dirceu da história. Só que, pra minha sorte, a mãe dele que é professora lá no meu colégio é legal. Outro dia, não sei se percebeu alguma coisa, ela disse pra mim, brincando: "Você daria uma linda nora".

– Sorte sua que as mães de filhos únicos não são todas iguais.

– Mas tem uma coisa que não mudou desde que você foi criança...

– O quê? – estranhou a avó.

– O dedo apontado, a discriminação. Agora não é apenas porque o pai morreu ou foi embora: é porque um colega é obeso ou muito magro; usa aparelho nos dentes ou óculos; tem o cabelo muito crespo; é pobre e ganhou uma bolsa de estudos num colégio de gente rica; não tem dinheiro pra comprar roupa ou tênis de grife; porque não passa as férias no exterior... E por aí vai.

– Já ouvi falar e fiquei triste. Por que será que isso ainda acontece? – estranhou a avó.

– É aquela história de todo mundo querer ser igual. Ninguém quer ser *diferente*...

– Espera aí, que bobagem é essa? Todo mundo *é* diferente! Não há, entre os bilhões de seres humanos, um só que seja igual a outro. Até mesmo os gêmeos idênticos, que são clones naturais, já se descobriu agora que têm algumas diferenças genéticas. Se todo mundo fosse igual, nem precisava dar nome para as pessoas, bastava um número.

– Vá explicar isso pra eles. O pessoal cai matando mesmo. Até pela internet, pelo celular. E tem colega que deixa de ir à escola, fica até doente.

– E a escola não toma providência?

– Quando os alunos reclamam, a coisa fica muito feia, a escola até faz palestra sobre o assunto, põe cartazes no corredor, chama quem está discriminando o outro para uma conversa na diretoria... Mas a coisa nunca para. Que nome vocês davam para isso quando você era criança?

– A gente chamava de maldade.

– Hoje a gente chama de *bullying*.

– Deram um nome mais sofisticado, mas a crueldade é a mesma.

– É isso aí. Por isso, eu e alguns amigos formamos uma turma *antibullying* lá no colégio. A gente conversa com os colegas, explica que eles não devem agir dessa forma. Porque enquanto se divertem, zoando com apelidos pejorativos, os outros sofrem com as humilhações...

– Parabéns, minha neta, que ideia genial! Estou orgulhosa de você. Pena que na minha época de escola não houvesse essa conscientização...

– Mas uma coisa me deixou muito curiosa, vovó. É que você não terminou a história... O que aconteceu com o tigre da caverna?

– Ah, minha querida, acho que aquele tigre certo dia simplesmente levantou e foi embora. Um tigre não foi feito para viver em caverna; um tigre de verdade sempre busca o horizonte...

– E onde fica o horizonte?

– Depende de cada tigre...

– Então pode ser qualquer lugar?

– Qualquer lugar.

– Vovó! – disse a garota, os olhos brilhantes: – Eu acho que descobri como o sábio da aldeia sabia que o tigre estava na caverna...

– Jura? – sorriu a avó, deliciada. – Então, vamos lá, me conte!

Sobre a autora

Li, certa vez, que pessoas que perdem pai ou mãe, ou ambos, ainda na infância, tendem a se tornar fortes porque, assim como o leão medroso do clássico infantil *O mágico de Oz*, elas precisam de **coragem**!

Por isso, resolvi contar a história de uma menina sofrida que, ao perder o pai muito cedo, tornou-se vítima de discriminação por parte das colegas, no colégio de freiras em que estudava.

A época na qual se passa essa história era de grandes preconceitos – muita coisa agora mudou e evoluiu, mas alguns fatos permaneceram os mesmos, apenas com nomes diferentes: a antiga maldade, por exemplo, hoje é chamada de *bullying*.

A garota sofrida descobriu que precisaria enfrentar os seus medos para conseguir a realização dos seus sonhos – mas, antes de tudo, ela teria de se transformar numa guerreira!

Sobre o Ilustrador

Chamo-me Alexandre Camanho e desenho desde que tinha quatro anos de idade. Não se trata de um feito notável nem indício de uma genialidade precoce; na verdade, toda criança sabe desenhar e com grande desenvoltura, a diferença está na continuidade dessa atividade pueril. Foi em um fundo de quintal que comecei – quintal-universo – e dentro desse universo havia um barracão de madeira que continha uma variedade gigantesca de coisas estranhas, corriqueiras, medonhas e curiosas, prontas para serem descobertas. É nesse ambiente que está a origem do meu fazer: eu penso que ser um bom desenhista é ter um quintal e um velho barracão de madeira.

COLEÇÃO JABUTI

4 Ases & 1 Curinga
Adeus, escola ▼◆🗐☒
Amazônia
Anjos do mar – O tesouro da Ilha dos Golfinhos
Aprendendo a viver ◆⌘■
Artista na ponte num dia de chuva e neblina, O ✻★⌗
Aventura alucinante
Aventura na França
Awankana, o segredo da múmia inca ✎☆⌗
Baleias não dizem adeus ✻🕮⌗○
Bilhetinhos✪
Blog da Marina, O⌗✎
Boa de garfo e outros contos ◆✎⌘⌗
Botão grená, O ▼✎
Braçoabraço▼⚐
Caderno de segredos ❑◎✎🕮⌗○
Carrego no peito
Carta do pirata francês, A ✎
Casa de Hans Kunst, A
Cavaleiro das palavras, O ★
Cérbero, o navio do inferno 🕮☑⌗
Charadas para qualquer Sherlock
Chico, Edu e a oitava série
Clube dos Leitores de Histórias Tristes ✎
Com o coração do outro lado do mundo ■
Contos caipiras
Da costa do ouro ▲⌗○
Da matéria dos sonhos 🕮☑⌗
De Paris, com amor ❑◎★🕮⌘☒⌗
Debaixo da ingazeira da praça
Delicadezas do espanto ✪
Desafio nas missões
Desafios do rebelde, Os
Desprezados F. C.
Deusa da minha rua, A 🕮⌗○
Dúvidas, segredos e descobertas
É tudo mentira
Enigma dos chimpanzés, O
Enquanto meu amor não vem ●✎⌗
Espelho maldito ▼✎⌘
Estranho doutor Pimenta, O
Eu, bruxa ✪⚐

Face oculta, A
Fantasmas ⌗
Fantasmas da rua do Canto, Os ✎
Firme como bóia ▼⌗○
Florestania – a cidadania dos povos da floresta ✎
Furo de reportagem ❑✪◎🕮⚐⌗
Futuro feito a mão
Goleiro Leleta, O ▲
Guerra das sabidas contra os atletas vagais, A ✎
Hipergame ✍🕮⌗
História de Lalo, A ⌘
Histórias do mundo que se foi ▲✎✪
Homem que não teimava, O ◎❑✪⚐○
Ilhados – Tratado sobre guris
Ingênuo? Nem tanto...
Jeitão da turma, O ✎○
Leão da noite estrelada, O ●❑☺✈🗐✎◎☑○⌗
Lelé da Cuca, detetive especial ☑✪
Lia e a sexta série ✎■
Liberdade virtual ✎
Lobo, lobão, lobisomem
Luana Carranca, uma história do fim do mundo
Machado e Juca ✝▼●☞☑⌗
Mariana e o lobo Mall 🕮⌗
Márika e o oitavo ano ■
Marília, mar e ilha 🗐✍✎
Mataram nosso zagueiro
Matéria de delicadeza ✎☞⌗
Melhores dias virão
Menino e o mar, O ✎
Miguel e o sexto ano ✎
Minha querida filhinha
Mistério de Ícaro, O ✪⚐
Mistério mora ao lado, O ▼✪
Mochila, A
Motorista que contava assustadoras histórias de amor, O ▼●🗐⌗
Muito além da imaginação
Na mesma sintonia ⌗■
Na trilha do mamute ■✎☞⌗
Não se esqueçam da rosa ♠⌗
Nos passos da dança

Oh, Coração!
Passado nas mãos de Sandra, O ▼◎⌗○
Porta a porta ■🗐❑◎✎⌘⌗
Porta do meu coração, A ◆⚐
Primavera pop! ✪🕮⚐
Primeiro amor
Que tal passar um ano num país estrangeiro?
Quero ser belo ☑
Redes solidárias ◎▲❑✎⚐⌗
Riso da morte, O
romeu@julieta.com.br ❑🗐⌘⌗
Rua 46 ✝❑◎⌘⌗
Sabor de vitória 🗐⌗○
Saci à solta
Sardenta ☞🕮☑⌗
Segredo de Estado ■☛
Sendo o que se é
Sete casos do detetive Xulé ■
Só entre nós – Abelardo e Heloísa 🗐■
Só não venha de calça branca
Sofia e outros contos
Sol é testemunha, O
Sótão da múmia, O ✪⌘
Surpresas da vida
Táli ☺
Tanto faz
Tenemit, a flor de lótus
Tigre na caverna, O
Triângulo de fogo
Um balão caindo perto de nós
Um dia de matar! ●
Um e-mail em vermelho
Um sopro de esperança
Um trem para outro (?) mundo ✖
Uma janela para o crime
Uma trama perfeita
Vampíria
Vera Lúcia, verdade e luz ❑◆◎⌗
Viva a poesia viva ●❑◎✎🕮⌗○
Viver melhor ❑◎⌗
Vô, cadê você?
Yakima, o menino-onça 👍✍○
Zero a zero

★ Prêmio Altamente Recomendável da FNLIJ
☆ Prêmio Jabuti
✻ Prêmio "João-de-Barro" (MG)
▲ Prêmio Adolfo Aizen - UBE
✍ Premiado na Bienal Nestlé de Literatura Brasileira
☛ Premiado na França e na Espanha
☺ Finalista do Prêmio Jabuti
👍 Recomendado pela FNLIJ
✖ Fundo Municipal de Educação - Petrópolis/RJ
✪ Fundação Luís Eduardo Magalhães
● CONAE-SP
⌗ Salão Capixaba - ES

▼ Secretaria Municipal de Educação (RJ
■ Departamento de Bibliotecas Infanto-juvenis da Secretaria Municipal da Cultura de São Paulo
◆ Programa Uma Biblioteca em cada Município
❑ Programa Cantinho de Leitura (GO)
♠ Secretaria de Educação de MG/supletivo de Educação de Jovens e Adultos - Ensino Fundamental
☞ Acervo Básico da FNLIJ
✈ Selecionado pela FNLIJ para a Feira de Bolonha/96
✎ Programa Nacional do Livro Didático

🕮 Programa Bibliotecas Escolares (MG)
✍ Programa Nacional de Salas de Leitura
🗐 Programa Cantinho de Leitura (MG)
◎ Programa de Bibliotecas das Escolas Estaduais (GO)
✝ Programa Biblioteca do Ensino Médio (PR)
⌘ Secretaria Municipal de Educação de São Paulo
☒ Programa "Fome de Saber", da Faap (SP)
⚐ Secretaria de Educação e Cultura da Bahia
☑ Prefeitura de Santana do Parnaíba (SP)
○ Secretaria de Educação e Cultura de Vitória

Impressão e Acabamento
Bartira
Gráfica
(011) 4393-2911